Karim Pieritz

Die Jagd nach dem geheimnisvollen Rollsiegel

Abenteuer-Jugendbuch

Verlag Karim Pieritz
Kinderbücher und mehr!

Burg Grottenfels

»Lasst mich raus!«, schrie ich und löste meinen Sicherheitsgurt. Wir fuhren mit dem Auto durch die Nacht, vorne saßen meine Eltern.

»Jonathan«, befahl mein Vater. »Schnall dich wieder an, ich fahre über 100!«

»Ich heiße JOHN!« Jonathan nannte er mich nur, wenn er mich ärgern wollte. Ich rüttelte an der verschlossenen Tür, da überholte uns ein Auto. Ich kurbelte das Fenster runter und der Fahrtwind blies mir meine Haare durcheinander. »Hilfe!«, schrie ich. »Ich werde entführt!«

»John«, rief meine Mutter. »Bitte beruhige dich! Es ist doch nur zu deinem Besten.«

»Und deshalb gebt ihr mich weg? Zu FREMDEN? Nein, ihr wollt mich nicht mehr! Ich hasse euch!«

»Schnall dich jetzt an!«, brüllte mein Vater. »Wenn *ich* im Einsatz jeden Befehl anzweifeln würde, wäre ich schon lange tot!«

Mir dröhnten die Ohren. Wenn mein Vater auf Soldat machte, war er wirklich sauer. Ich kurbelte die Scheibe hoch und nahm den Gurt in die Hand, doch ich wartete mit dem Einrasten. »Nur, wenn ihr mich nicht ins Internat steckt.«

»John«, flehte meine Mutter, »wir reden später darüber. Aber jetzt schnall dich bitte an.«

Ganz langsam steckte ich die Schnalle ins Schloss, bis es KLACK machte.

»Ich gehe nicht ins Internat. NIEMALS. Ich steige einfach nicht aus dem Wagen. Was wollt ihr tun? Mich mit Gewalt aus dem Auto zerren? Mich bewusstlos schlagen? Mir Drogen geben?«

»Übertreib nicht immer so«, schimpfte mein Vater.

»Ich übertreibe nicht, schon gar nicht *immer*!«

»John, du weißt doch, dass wir dich lieben«, sagte meine Mutter, »aber es geht nicht anders. Diese Krise ... das dient nur deinem Schutz.«

»Meinem Schutz«, äffte ich sie nach.

Die Krise ... Ich konnte es immer noch nicht fassen, dass mein dreizehnjähriges und bislang völlig normales Leben auf einmal im Chaos versank. Und daran waren nur meine Eltern und ihr blöder Job in der Cybercrime-Abteilung des Bundeskriminalamts schuld. Wenn ich normale Eltern mit langweiligen Jobs hätte, würde ich jetzt nicht von ihnen in ein Internat abgeschoben werden. Aber sie mussten ja unbedingt beim BKA arbeiten.

Gestern war meine Welt noch in Ordnung, da hatte ich in Berlin gelebt. Ich ging in die Achte, hatte gute Noten in den wichtigsten Fächern und spielte super Fußball (nicht im Verein, aber in fast jeder großen Pause). Ich hing mit den beliebtesten Typen der Schule ab, die waren aus der Zehnten! Die waren meine Freunde. Jedenfalls bis gestern. Doch dann hatten sie nur dumme Sachen über mich im Schulchat gepostet. Das war nicht cool! Mein Handy hatte ich vor Wut in die Ecke geschmissen. Es war hinüber. Und wie reagierten meine Eltern? Statt zu sagen, deine Freunde werden wir ins Gefängnis stecken, wozu arbeiten wir denn beim BKA, die kommen in Einzelhaft und werden gefoltert! Nein, stattdessen wurden sie leichenblass, rannten panisch umher und warfen alle Handys und Tablets in die Badewanne. In die GEFÜLLTE Badewanne! Hatten die noch alle Tassen im Schrank? Dann laberten sie was von einer Krise auf Arbeit, packten ihre Koffer und scheuchten mich ins Auto. Mitten in der Nacht! Meine Eltern waren durchgeknallt. Vermutlich hatten Aliens ihre Körper übernommen.

»John«, säuselte meine Mutter. »Schau dir doch nochmal den Prospekt an. Diese Schule ist wirklich gut.«

Den Prospekt hatte ich mir schon angesehen. Gut war an dieser Schule gar nichts. *Burginternat Grottenfels.* Nur vom Namen dieses Jugendarrests bekam ich schon Ausschlag.

Unser Internat ist in einer mittelalterlichen Burg im idyllischen Bayerischen Wald. Da es bei uns keinen Handyempfang und kein Internet gibt, können sich ihre Kinder vollständig auf das Lernen konzentrieren.

Mein Leben war echt zum Horrortrip mutiert. Meine Scheißfreunde mobbten mich auf einmal, meine Eltern drehten völlig durch und meine Zukunft war ein grottiges Internat am Arsch der Welt!

»Das wird schon«, sagte meine Mutter und tätschelte mir das Knie.

»Nerv nicht«, fauchte ich.

Sie zog ihre Hand zurück. »Es ist doch nicht für lange.«

»Genau«, sagte mein Vater. »Wir müssen nur kurz in die Schweiz, danach holen wird dich sofort wieder ab.«

»Wie kurz?«, fragte ich. »Einen Tag?«

»Also ...«, sagte mein Vater gedehnt.

»Dann komme ich mit. Ich warte im Hotel.«

»Das geht nicht«, sagte meine Mutter.

»Es kann schon etwas länger dauern«, sagte mein Vater. »Aber wir holen dich ab, so schnell es geht, versprochen!«

Später schlief ich ein, immerhin war es ja noch mitten in der Nacht. Durch einen starken Ruck wachte ich auf. Meine Eltern bemerkten mich nicht und ich lauschte mit leicht geöffneten Augen.

»Mist«, schimpfte mein Vater. »Die Straßen hier haben auch mal bessere Zeiten gesehen.«

»Wir können nicht über die Autobahn fahren«, sagte meine Mutter. »Sonst findet er uns wieder.«

»Das weiß ich doch, aber auf einen Reifenplatzer auf einem Acker im Niemandsland habe ich jetzt auch keine Lust. Wenn seine Kampfdrohne uns findet ...«

Meine Mutter seufzte. »Sollen wir das wirklich tun? Unseren kleinen Jonathan in ein Internat geben? Zu fremden Leuten?«

»*So* klein ist John nicht mehr. Er ist mitten im Stimmbruch und wird langsam ein junger Mann.«

»Trotzdem ...«

»Wir haben doch keine Wahl«, sagte mein Vater.

»Ich weiß. Der Hacker ist uns viel zu nah gekommen. Ich kann nicht glauben, dass er es jetzt auf unseren Sohn abgesehen hat.«

Heilige Scheiße, was laberten die da? Wer hatte es auf mich abgesehen?

»Glaubst du, dass das ein Zufall war?«, fragte mein Vater. »Erst die Bilder von John im Fadenkreuz einer Kampfdrohne, dann dieser Mobbing-Angriff?«

Ich im Fadenkreuz einer Kampfdrohne? Was ging denn hier ab?

Meine Mutter schüttelte den Kopf. »Es ist schon alles traurig, besonders, wenn es einen persönlich betrifft. Eine App, die Schüler anstiftet, ihre Mitschüler zu mobben, und das auch noch belohnt ...«

»Was redet ihr da?«, fragte ich. »Wer mobbt hier wen? Was für eine Kampfdrohne? Was soll der Mist?«

Meine Mutter drehte sich erschrocken um. »John!«

»Ja, so heiße ich.«

»Erzähl es ihm ruhig«, sagte mein Vater. »Er ist alt genug, er soll ruhig wissen, was in unserer Welt los ist.«

»Nun gut, dann sollst du die Wahrheit erfahren. Wir jagen den Entwickler einer App, die Chaos unter Jugendlichen verbreiten soll.«

»Leider hat er gemerkt, dass wir ihm auf die Schliche gekommen sind«, sagte mein Vater. »Jetzt erpresst er uns, indem er ... indem er ...«

»... euch Fotos von mir im Fadenkreuz einer Kampfdrohne schickt?«

»Ja«, räusperte sich mein Vater, »wir fahren in die Schweiz zu einem Forschungszentrum. Die App wurde mit einem gestohlenen Quellcode von dort entwickelt und das ist unsere beste Spur zum Entwickler. Bis wir ihn haben, kann es leider noch ein paar Wochen dauern und bis dahin musst du leider im Internat bleiben. Dort bist du in Sicherheit, gerade weil es dort kein Internet gibt. Sobald wir ihn haben, holen wir dich wieder nachhause.«

»Versprochen«, ergänzte meine Mutter.

»Aber du darfst dort mit keinem über diese Sache reden«, sagte mein Vater. »Und du darfst uns auch nicht kontaktieren. Das ist wichtig. Hast du das verstanden? Dieser Typ ist sehr intelligent. Er steuert eine Kampfdrohne, die einen ganzen Häuserblock pulverisieren kann.«

»Nicht kontaktieren«, nuschelte ich. »Wichtig, wichtig, bla, bla, bla.«

»John, das ist ernst!«, fauchte mein Vater.

»Wenn wir das geregelt haben, fahren wir wieder nach Berlin«, sagte meine Mutter.

Ich starrte aus dem Fenster, wo langsam die Sonne aufging. Ein paar Wochen. Kein Internet. Mein Leben war SCHEISSE!

Am frühen Morgen erreichten wir den kleinen Ort Grottenfels. Wir parkten auf einem Parkplatz für Burgbesucher. Besucher ... schön, wenn wir das nur wären. Ich stieg aus und atmete tief ein, dann gingen wir los und betraten die mittelalterliche Anlage. Mein Vater marschierte fröhlich pfeifend den schmalen und steilen Weg bergauf. Er sagte immer, dass ein Mann topfit sein sollte, um jederzeit jeder Bedrohung gewachsen zu sein. Ich versuchte, nicht allzu laut zu keuchen, während ich ihm hinterherhechelte. Mühsam kämpfte ich mich den steilen Trampelpfad hoch. Wir passierten ein riesiges Burgtor, danach war der Weg gepflastert. Überall lag Laub, das von den zahlreichen Bäumen stammte, die auf dem Wall hinter der Burgmauer wuchsen. Als wir endlich den Burghof erreichten, war ich völlig außer Atem. Ich konnte super über den Fußballplatz rennen, aber der ging ja auch nicht bergauf.

Auf dem Hof standen mehrere Steingebäude und Türme. Ein Schild führte uns zum *Palas*, dem mit Abstand größten Bau auf dem Gelände. An der Seite hatte der Palas einen Turm mit einer großen Uhr, den *Hexenturm*, wie ein weiteres Schild verriet. Das brachte mich gleich richtig in Stimmung. Ich wollte nicht hier sein!

Wir erreichten die breite Treppe des Eingangsportals, aus dem uns ein älterer Mann mit grauen Haaren entgegenkam. Er trug ein graugrünes Jackett mit Weste und eine Jägermütze. Unübersehbar war seine Nase, die unfassbar groß war. Ich konnte meinen Blick nicht von diesem gurkenförmigen Knubbel in seinem Gesicht abwenden.

»Willkommen auf Burg Grottenfels«, sagte er, »ich bin Doktor Erich Jäger, der Direktor.« Er lächelte uns an, aber das machte seinen Anblick nicht besser. Ganz im Gegenteil! Mein Vater grinste mir zu und meine Mutter knuffte ihn dafür in die Seite.

Der Direktor gab meiner Mutter die Hand, dann meinem Vater. Mich ignorierte er glücklicherweise. Er nahm meinen Koffer entgegen.

»Vielen Dank, dass sie unseren Sohn so kurzfristig aufnehmen«, sagte meine Mutter. »Das ist ja nicht selbstverständlich, so mitten im Schuljahr.«

»Sie hatten großes Glück«, sagte der Direktor. »Einer unserer Schüler musste kurzfristig nachhause, so dass ein Platz freigeworden ist.«

»Jedenfalls vielen Dank«, sagte meine Mutter.

»Wir holen dich bald wieder ab«, sagte mein Vater und klopfte auf meine Schulter.

Meine Mutter drückte mich.

»Wir müssen los«, sagte mein Vater.

Meine Mutter löste die Umarmung und ging mit ihm weg. Sie sah sich noch zweimal um, dann waren sie durch das Tor und außer Sicht. Sie ließen mich ECHT alleine bei diesem gruseligen alten Mann!

»Komm«, sagte der Direktor, »ich bringe dich in den Flügel zu den anderen Menschen.«

Ich starrte ihn mit großen Augen an.

»Zu den anderen Menschenkindern, natürlich!«, ergänzte er grinsend.

Wenn ich jetzt in den Flügel zu den Menschenkindern komme, was war dann in dem anderen Flügel? Mit einem mulmigen Gefühl betrat ich die Burg.

Ich folgte dem Direktor in den *Rittersaal*, wie ein Schild verriet. Der Boden war aus poliertem Parkett und in der Mitte des Saals stützte eine Säulenreihe aus Marmor die bunt bemalte Decke, an der prächtige Kronleuchter hingen.

»Jonathan, ich freue mich, dich in unserem komplett sanierten Hauptgebäude begrüßen zu dürfen«, sagte er, während wir an funkelnde Ritterrüstungen vorbeigingen.

»Ich heiße John!«

»Auch ein schöner Name«, sagte er. »Unser schönes Burginternat hat erst seit September geöffnet und wir haben noch nicht den Regelbetrieb erreicht. Daher gibt es bis Januar nur eine einzige Klasse mit allen Jahrgangsstufen.«

Ich schluckte. Das war ja wie im Wilden Westen.

»Leider gab es auch noch andere organisatorische Probleme, so dass ich bis zum Erreichen des Regelbetriebs der einzige Lehrer bin.«

Ich sah den Direktor mit offenem Mund an. Es *war* der Wilde Westen.

»Ich versichere dir, dass du alles Wichtige für dein Leben hier lernen wirst.«

Er führte mich zu einem breiten Treppenhaus. Durch Rundbogenfenster fiel Sonnenlicht auf zahlreiche Gemälde. Auf allen Bildern war ein Ritter in schwarzer Rüstung. Mal posierte er auf einem Leichenberg, mal hielt er einen abgetrennten Kopf stolz in die Höhe und mal präsentierte er sein blutiges Schwert.

Als wir den ersten Stock erreichten, wiesen Schilder zu den *Klassenräumen* und zur *Bibliothek*. Wir gingen weiter und es folgten noch blutrünstigere Gemälde mit unzähligen Toten, Verstümmelten, Gepfählten und Geköpften. Langsam wurde mir übel beim Anblick dieser farbenprächtigen Horrorszenen.

Im zweiten Stock verließen wir endlich das gruselige Treppenhaus und gingen zu den *Schlafräumen Ost*. Zu den

Menschenkindern? Wir liefen durch einen breiten, mit Teppich ausgelegten Flur. Links waren Türen wie in einem Hotel. Der Direktor stoppte vor der ersten Tür, klopfte an und öffnete sie.

Wir gingen in ein kleines Zimmer mit zwei Betten, einem Waschbecken und einem Kleiderschrank. Glücklicherweise sah der dicke Junge auf seinem zerwühlten Bett am Fenster menschlich aus. Er war noch im Schlafanzug, hatte dunkelblonde, zerzauste Haare und hielt ein Buch mit einem gruseligen Alien auf dem Cover in den Händen (*Waren Außerirdische unsere Vorfahren?*). Er sah mich mit großen, hellgrünen Augen an.

Der Direktor stellte meinen Koffer ab. »Bitte mach deinen neuen Mitschüler mit den Abläufen unseres Internats vertraut. Wir sehen uns gleich zur ersten Stunde.«

Als wir alleine waren, legte der Junge sein Buch auf einen Stapel Astronomie-Bücher auf dem Nachttisch und stand auf.

Er reichte mir seine Hand. »Ich bin Willy.«

»Ich bin John.«

Ich setzte mich auf das freie Bett. Auch Willy setzte sich. Ich schätzte ihn auf zehn.

»In die Wievielte gehst du?«, fragte ich.

»In die Siebte, und du?«

»In die Achte.«

Wie zwölf sah Willy echt nicht aus.

»Du bist der Lückenfüller«, sagte Willy.

»Ich bin was?«

»Du nimmst den Platz für den Jungen ein, der vor dir hier geschlafen hat. Der ist letzten Monat abgehauen, hat seine Sachen gepackt und ist weg. Mitten in der Nacht.«

»Ist doch verständlich, wer hält es denn lange ohne Internet aus. Internat ohne Internet, das passt doch nicht zusammen, oder?«

Ich vermisste mein Handy jetzt schon. Wie gerne würde ich jetzt checken, was nach der Mobbing-Attacke im Klassenchat abging.

»Ich glaube nicht, dass der deswegen getürmt ist«, sagte Willy. »Dafür gibt's andere Gründe ...«

»Was denn für Gründe?«

»Ach«, er wedelte mit der Hand, »das kann ich nicht erzählen, das musst du selbst sehen.«

»Wie den Flügel, in dem keine Menschen sind?«

Willy wurde blass. »Wo ... woher ...?«

Mir wurde mulmig. »Der Direktor hat gesagt, dass er mich in den Flügel zu den anderen Menschen bringt.«

»Echt? Das hat er gesagt?« Willy sah total fertig aus.

»Er hat sich bestimmt nur versprochen.«

»Nein, das glaube ich nicht.«

»Und wer ist jetzt in dem anderen Flügel?«

Willy sah mich mit riesigen Augen an. »Die Mehrlinge!«

Ich runzelte die Stirn. »Mehrlinge?«

»Wir gehen jetzt frühstücken, dann wirst du sie sehen.«

Am liebsten wäre ich meinen Eltern in die Schweiz gefolgt. Aber sie hatten mich ja ohne Geld und Handy hier ausgesetzt. Die wollten echt verhindern, dass ich abhaue. Ich seufzte und wartete, bis sich Willy umgezogen hatte.

Wir gingen ins Erdgeschoss zum Speisesaal, in dem ungefähr dreißig Schüler saßen, vermutlich meine Klasse. Die meisten Jungen und Mädchen waren ungefähr in meinem Alter. Sie trugen normale Klamotten und sahen eigentlich auch ganz normal aus, mit der Ausnahme, dass alle *gut* aussahen. Nicht so wie meine Mitschüler in Berlin, die müde, gestresst und völlig fertig aussahen. So eine Schulklasse hatte ich echt noch nicht gesehen. Ich sah mit Sicherheit nicht so toll wie die anderen aus und fühlte mich schon fehl am Platze, aber wie sollte sich Willy fühlen?

An der Essensausgabe stand eine Frau vom Küchenpersonal. Davor standen drei Jungen in meinem Alter, die komplett gleich aussahen. Drillinge. Waren das die *Mehrlinge*? Sie hatten kurze blonde Haare und blaue Augen. Zusätzlich trugen sie bayerische Trachten. Ich kam mir vor wie in einem Bierzelt.

»Willy«, flüsterte ich, »die sehen doch wie normale Drillinge aus, also, bis auf die Lederhosen.«

»Leise«, zischte er, »die dürfen uns nicht hören!«

Ich nahm mir einen Teller und stellte mich mit Willy an die Schlange zu Brötchen, Wurst und Käse an. Vor uns warteten die Drillinge in fast militärischer Aufreihung.

»Heute nehmen wir jeder«, sagte der Erste, »ein halbes Brötchen«, sagte der Zweite, »mit Leberkäse«, schloss der Dritte.

Ich grinste. »Die reden ja wie Tick, Trick und Track.«

»Still!«, befahl Willy. Er sah sich nervös um.

»Ja«, flüsterte ich grinsend, »wer so spricht, ist kein Mensch.«

Diese Drillinge hatten offenbar einen krassen Knall, aber sie waren mit Sicherheit keine Aliens.

Wir setzten uns an einen Tisch. Willy futterte ein Brötchen mit dicker Schokocreme. Ich hatte keinen Hunger. Durch ein riesiges Panoramafenster sah ich einen See. Das kristallklare Wasser funkelte in den schönsten Farben.

»Kein Internet, aber wenigstens ist die Landschaft ganz okay«, seufzte ich.

»Wir nennen den See Loch Grottenfels«, sagte Willy mampfend. »Wegen dem Seeungeheuer.«

»Schon klar«, sagte ich und verdrehte die Augen. »Bald ist Halloween und neue Mitschüler verarscht man doch gerne.«

»Glaub es oder nicht, aber geh bloß niemals da runter!« Er zeigte auf das Schild *Alte Jagdhütte*.

»Hast du das Monster denn mal gesehen?«

»Ja!« Willy nickte, dann futterte er einen Schokoriegel. Er sah zu den Drillingen, die am anderen Ende des Saals saßen und wie Roboter ihre Brötchen aßen. Jede Bewegung war synchron.

»Letzten Monat haben sich die Drillinge rausgeschlichen«, flüsterte er. »Sie haben sich bei Vollmond auf der Terrasse im Kreis hingestellt«, er deutete zum Fenster, »und getanzt.«

»Bei Vollmond«, sagte ich, »alles klar.«

Willy hatte wohl zu viele Vampirfilme gesehen.

»Ehrlich jetzt! Sie tanzten Ringelreihen und sangen dabei *Mutter, Mutter, Mutter* ... Ich war gerade in der Bibliothek und konnte sie durch ein offenes Fenster hören, deshalb hab ich hingesehen. Dann kam was aus dem Wasser.«

»Was denn?«

»Ähm ...« Willy wurde rot. »Also, ich hab was gesehen, aber es war zu weit weg und schwer zu erkennen.«

»Aber klar doch«, sagte ich schmunzelnd.

Willy futterte einen zweiten Schokoriegel.

»In der Nacht war ich froh, vergitterte Fenster zu haben.«

Ja, vergitterte Fenster waren ECHT toll. Mein Mitbewohner hatte auch einen Knall.

Nach dem Frühstück hatten wir Geschichte und ich lernte meine Klasse kennen. Die meisten meiner Mitschüler hatte ich schon im Speisesaal gesehen, aber nicht das kippelnde Mädchen in der letzten Reihe. Sie hatte lange, schwarze Haare, die sie sich zusammengebunden hatte, trug schwarze Klamotten und war ungefähr in meinem Alter. Sie war ein krasser Kontrast zu den meist blonden und hell gekleideten Schülern um uns herum. Passend zum Buch, das sie las (*App-Entwicklung für Dummies*), saß auf ihrer Nase eine schwarze Nerdbrille. Als ich sie musterte, sah sie auf.

»Oh, ein Neuer!« Sie nahm die Füße runter. »Ich bin Tina.«

»Hi!« Ich lächelte verkrampft.

Sie lächelte zurück und strich sich eine Haarsträhne nach hinten. Es war ein süßes Lächeln. Mein Herzschlag verdoppelte sich, aber dann war der Moment vorbei und sie las weiter in ihrem Buch.

Willy setzte sich an einen Tisch neben Tina und ich setzte mich dazu. Ich atmete erleichtert aus. Unerwarteter Mädchenkontakt war aufregend. Ich wollte dann besonders cool sein, aber mir fiel immer nix ein. Nicht mal mehr mein Name. Das war besonders schlimm, wenn das Mädchen hübsch war. Ich stammelte dann irgendwas Peinliches und ich konnte ihr dann ansehen, dass sie sich am Liebsten weggebeamt hätte.

Solche Erlebnisse hatte ich in meiner alten Schule mit der Klassenschönheit Leonie, die mich leider wie Luft behandelte. Und jetzt begegnete mir hier, am Ende der Welt, ganz unerwartet ein hübsches Mädchen. Das hätte *so* peinlich werden können, doch glücklicherweise hatte Tina mich nett angelächelt. Wenn das passiert, schaltet mein Gehirn in den Überlebensmodus. Sprechen ist eine unwichtige Funktion, die gnadenlos abgeschaltet wird. Mehr als ein oder zwei Grunzlaute sind dann nicht drin. Mit so wenig Worten kann ich mich nicht allzu schlimm blamieren. Leider hinterlasse ich so aber auch keinen besonders positiven Eindruck.

Ich sah mich in der Klasse um. Die Uhr über der Eingangstür tickte laut und es war bald acht Uhr. Da polterten zwei Jungen herein.

»Das sind Tim und Tom«, flüsterte Willy. »Zwillinge.«

Gut, dass er das erwähnte, denn sie ähnelten sich nur im Gesicht. Tim hatte kurze blonde Haare und Tom lange. Er war auch größer und muskulöser. Beide trugen bayerische Tracht. Die Drillinge sahen in ihren Lederhosen brav und artig aus, die Zwillinge eher wie Halbstarke aus alten Heimatfilmen. Sie setzten sich in die erste Reihe zu den Drillingen. Die *Mehrlinge* waren offensichtlich Streber.

Tina kicherte, offenbar amüsierte sie ihr Nerd-Buch köstlich. Willy bemerkte meinen neugierigen Blick.

»Tina ist verrückt«, sagte er. »Ignorier sie einfach.«

Das sagte sich so leicht. Ich sah seit einiger Zeit an jeder Ecke nur noch hübsche Mädchen. Das war wie ein Fluch.

Als der Direktor das Zimmer betrat, herrschte sofort absolute Stille.

»Guten Morgen!«, sagte er mit kräftiger Stimme.

Die meisten Schüler sprangen auf. Willy stand gemächlich auf und ich machte es ihm nach. Nur Tina blieb sitzen, klappte ihr Buch zu und legte es auf den Tisch.

»Guten Morgen«, antworteten alle im Chor, bis auf Tina. Dann setzten wir uns.

»Da wir einen neuen Mitschüler haben, will ich euch heute etwas über unsere schöne Burg erzählen.«

Tina schlug die Hände über dem Kopf zusammen. »Nicht schon wieder.«

»Diese Geschichte ist auch für Ungläubige wichtig«, er warf Tina einen bösen Blick zu, dann sah er zu mir. »Du sollst heute alles Wichtige über deine neue Schule lernen. Unsere Burg ist keine gewöhnliche Burg, wie es sie in Europa zu hunderten gibt, nein, *unsere* Burg wurde auf den Ruinen einer alten Kultstätte errichtet. Die frühen Menschen hatten hier ihre heidnischen Rituale in Höhlen ausgeübt, die heute tief unter der Burg verschüttet sind. Eine alte Legende besagt, dass die Kelten mit ihren Zaubersprüchen ein Tor in eine andere Welt öffnen konnten. In Zeiten des Krieges beschworen sie finstere Dämonen, die ihnen beim Kampf gegen ihre Feinde halfen. So gelang es den Urbayern, die Römer von diesem heiligen Ort zu verjagen. Die Römer versuchten es in den folgenden Jahrhunderten immer wieder, doch sie unterlagen den göttlichen Mächten, die unsere wissenden Vorfahren herbeirufen konnten. Zum Schutz vor den Urbayern, die als ein räuberisches Volk am Fuß der Alpen verunglimpft wurden, errichteten die Römer schließlich eine riesige Mauer, den *Limes*, der nur wenige Kilometer von uns entfernt verläuft. Nächste Woche machen wir einen Ausflug dorthin.« Der Direktor machte eine Pause und sah einen Schüler nach dem anderen in die Augen. »Ich weiß nicht, ob es dieses magische Portal in den Grotten wirklich einmal gegeben hat, aber *eine* Legende, die man sich über unsere Burg erzählt, ist wahr. Sie wurde in meiner Familie seit tausend Jahren vom Vater auf den Sohn weitergegeben. Der Gründer dieser Burg ist mein direkter Vorfahr. Erich Jäger, mein Namensvetter, war ein edler Kreuzritter. Er zog nach Jerusalem und fand dort viele wertvolle Schätze, die er hierher gebracht hat.« Der Direktor schloss die Augen und seufzte ausgiebig. »Das waren ruhmreiche Zeiten gewesen.«

»Die Geschichte kenne ich noch nicht«, sagte Tina. »Was denn für Schätze?«

»Ach, das Übliche. Gold, Schmuck, Perlen, Edelsteine … Aber einer seiner Schätze soll etwas ganz Besonderes sein. Habt ihr eine Idee, was das sein könnte?«

»Der Heilige Gral«, rief Tina.

Der Direktor schüttelte den Kopf.

»Die Bundeslade?« Tina sah ihn hoffnungsvoll an.

Wieder schüttelte er den Kopf.

»Ein magischer Kristallschädel von einem Außerirdischen?« Tina zog erwartungsfroh eine Augenbraue hoch.

»Nein«, sagte der Direktor, »es ist nichts aus einem Indiana Jones Film.«

Tina ließ den Kopf hängen. »Schade.«

»Ist es vielleicht ein außerirdisches Artefakt, dass unsere Alien-Vorfahren auf der Erde zurückgelassen haben?«, fragte Willy.

»Nein«, sagte der Direktor. »Außerdem haben wir keine Alien-Vorfahren.«

»Ist es der Stein der Weisen?«, fragte ich.

»Nein«, sagte der Direktor, »aber es wird immer heißer. Wisst ihr, was Moses auf dem Berg Sinai von Gott erhielt?«

Willy meldete sich. »Die zehn Gebote!«

»Richtig«, sagte der Direktor, »aber mein Vorfahr hörte in Jerusalem noch von einer weiteren Legende. Danach erhielt Moses nicht nur den *Auftrag*, sein Volk ins Gelobte

Land zu führen, nein, er bekam auch den *Schlüssel* dafür. Der Schlüssel zum Gelobten Land ist ein Rollsiegel und mein Vorfahr brachte es hierher.«

»Was ist ein Rollsiegel?«, fragte ich.

Der Direktor atmete tief ein. »Ein Rollsiegel ist ein kleiner, zylinderförmiger Stein, der innen hohl ist. Auf seiner Oberfläche sind Darstellungen oder Symbole, die sich auf weichem Ton wie ein sich drehender Stempel abrollen lassen. Das Ergebnis ist ein Bild. Das Rollsiegel meines Vorfahren besteht aus purem Gold und soll magische Kräfte haben, was nicht verwundert, denn es kommt von Gott höchstpersönlich.«

»Wow!«, sagte Willy.

»Mein Kreuzritter-Vorfahre hat das Rollsiegel tief unter der Burg in den Grotten versteckt. Alle seine Nachkommen - ich eingeschlossen - haben unzählige Male danach gesucht, doch ohne Erfolg.« Er seufzte, dann sah er uns ernst an. »Auch wenn es sehr spannend und reizvoll ist, alte Höhlen zu erforschen, denkt bitte daran, dass es euch strengstens verboten ist, das alte Burgverlies zu betreten. Die Grotten sind überflutet und stark einsturzgefährdet.«

»Und geht nicht in den finsteren Wald«, äffte Tina ihn leise nach, »denn dort gibt es den bösen Wolf.«

Nach einer weiteren Stunde mit dem Direktor (Mathe) war ich absolut pausenreif. Willy düste davon, als hätte er einen Termin. Beim Rausgehen hörte ich die Zwillinge über Willy reden. Dass er gleichzeitig dick *und* doof sei und anderes Zeug. Das erinnerte mich stark an meine Freunde in Berlin, zusammen sechs ältere Jungs, allen voran Micha und Chris. Sie hatten in den Pausen auf dem Schulhof gerne über andere Schüler gelästert. Einmal kam ein ziemlich dickes Mädchen aus meiner Klasse vorbei. Micha machte schmatzende Geräusche bei ihren Schritten und Chris pupsende. Ich fand das echt gemein von den Beiden, aber ich sagte nichts. Ich sagte nie etwas. Ich wollte ja kein Spielverderber sein. Vor allem wollte ich nicht als uncool rüberkommen. Auf einmal drehte sich das Mädchen um und sah mich an. Sie weinte, da schämte ich mich.

Ich hatte das Gefühl, dass Micha und Chris auch über mich lästerten, wenn ich nicht dabei war. Wenn ich mal zu weit am Tor vorbeigeschossen hatte, dann sah ich sie sich etwas zuflüstern. Wenn ich sie dann fragte, was abgeht, dann kicherten sie nur blöd. Sie machten sich vermutlich über meine viel zu langen und dämlich herumschlackernden Arme lustig. Die hatten mich bestimmt nur in ihrer Gang, weil ich so gut im Toreschießen war. Als dann die Mobbing-Attacke im Schulchat losging, war ich richtig wütend. Aber ich war auch erleichtert. Endlich war das Warten vorbei. Endlich klare Verhältnisse.

Ich stand auf dem Burghof gegenüber vom Eingangsportal und wartete darauf, dass die Pause endlich vorbei war, da öffnete sich laut quietschend die Tür des Hexenturms. Die Zwillinge kamen heraus und blieben davor stehen. Was hatten die da drin getrieben? Durfte man da überhaupt rein? Sie sprachen miteinander, aber ich konnte nichts hören. Tim gestikulierte wild. Er schien sich über seinen Bruder aufzuregen.

Da bemerkte ich Willy, der sich hinter einer Säule des Eingangsportals versteckte und die Zwillinge beobachtete. Spionierte er ihnen nach? Um sie zu belauschen war er aber viel zu weit weg. Das bemerkte offensichtlich auch er, denn er kam aus seinem Versteck und spazierte fröhlich pfeifend in ihre Richtung. Wenige Meter von ihnen entfernt blieb er abrupt stehen und sah gespielt überrascht zu einer Blume, die zwischen den Pflastersteinen wuchs. Er bückte sich und pflückte sie, dann roch er daran und tat entzückt. Ich stöhnte, denn diese peinliche Nummer würde die Zwillinge nur noch mehr auf ihn aufmerksam machen. Und genau das geschah. Sie wechselten einen Blick miteinander, dann marschierten sie im Gleichschritt los. Sie blieben vor ihm stehen und starrten ihn von oben herab an. Willy schrumpfte in sich zusammen und ließ die Blume sinken. Tom pumpte seine Muckis auf. Sein Gesicht wurde knallrot wie eine Feuerwehr und die Adern traten aus der Haut. Ich musste eingreifen, sonst würde ich heute alleine in meinem Zimmer schlafen und Willy in einem Sarg. Ich rannte hin.

»Da bist du ja«, sagte ich außer Atem, »ich hab dich gesucht.« Ich blickte auf die gelbe Blume. »Oh, toll, du hast eine gefunden. Eine *Blumensis Gelbitis.* Im Herbst, das ist unfassbar! Die brauchen wir doch für unser ... äh ... Biologie-Projekt.«

Ich nickte ihm aufmunternd zu und konnte ihm in Superzeitlupe beim Verstehen zuschauen. Endlich weiteten sich seine Augen.

»Klar, ja«, stammelte er, »genau, das ... äh ... Projekt.«

Ich schnappte mir seine Hand und zog ihn Richtung Sportplatz, wo sich die anderen Schüler aufhielten. Die Zwillinge glotzten uns nach.

Glück gehabt, dachte ich, doch dann sahen uns unsere Mitschüler auf dem Hof und lachten. Was hatten sie nur? Dann wurde es mir klar. Ich latschte Händchen haltend mit dem Klassen-Loser über den Schulhof. Dabei hielt Willy eine Blume in der Hand, als wollte er sie mir schenken. Ich war erledigt. Für immer!

Ich wollte einfach nur meine Ruhe haben und meine Zeit im Knast absitzen. Doch das konnte ich mir nun abschminken. Jetzt war ich eine Lachnummer.

Seit dem Vorfall auf dem Schulhof verhielt sich Willy ganz anders, als zuvor. Statt in der Pause alleine loszuziehen, klebte er mir jetzt an der Backe. Er lief mir überall hinterher. Sogar aufs Klo! Wie bei den Mädchen, also echt. Offenbar waren wir jetzt *Best Friends Forever*.

Am Nachmittag meines ersten Tages auf Burg Grottenfels saß ich in der Schulbibliothek an einem Tisch. Natürlich nicht alleine, mein neuer bester Freund war bei mir. Ich blätterte durch ein Superhelden-Comic und Willy kringelte sich vor Lachen über *die hundert lustigsten Dino-Witze*. Wie schön für ihn, dass er so entspannt war. Ich hatte seit dem Vorfall einen großen, schmerzenden Knoten im Bauch. Heute früh hatten mich die Zwillinge ignoriert, doch jetzt warfen sie mir misstrauische Blicke zu, besonders Tim. Er machte zu mir immer diese Geste, bei der man sich auf die Augen zeigt und dann auf den anderen. »I'm watching YOU«, hauchte er dabei. Tom hingegen guckte mich an wie ein Irrer, dabei traten seine Augen aus den Höhlen und sein Gesicht wurde knallrot. Tim zischte dann immer: »Nicht hier!« Ich musste mehr über diese Typen erfahren.

»Was weißt du über die Zwillinge?«, fragte ich.

Willy biss in seinen Schokoriegel. »Die waren schon hier, als ich vor zwei Monaten von meinem Vater hier abgeladen wurde«, antwortete er mampfend.

Zwei Mädchen kamen in die Bibliothek und sahen uns. Sie tuschelten miteinander und verschwanden in einem Gang, dann kicherten und prusteten sie los. Willy bekam davon nichts mit, aber selbst wenn, würde es ihm vermutlich nichts ausmachen.

»Und warum wird Tom so rot im Gesicht?«, fragte ich. »Hat der 'ne Krankheit?«

»Ist Dummheit eine Krankheit?«

»Der wird doch nicht knallrot, weil er dumm ist!«

»Wer weiß? Vielleicht ist ihm ja was peinlich?« Willy durchsuchte seinen Rucksack und ließ ihn dann sichtlich enttäuscht sinken.

»Hast du in den letzten zwei Monaten nicht mehr über die beiden herausgefunden?«

Willy stand auf. »Ich muss los, der Dorfladen macht bald zu.«

Der Geist

Es war nass und unerträglich heiß. Ich saß in einem großen Kessel mit Wasser. Blasen stiegen auf und das Wasser fing an zu kochen! Ich bekam Panik, doch ich konnte mich nicht bewegen. Ich war gefesselt! Ich wollte schreien, doch etwas steckte in meinem Mund. Es schmeckte wie ein Apfel. Was sollte das? Ich sah eine Bewegung. Es war Tim, der Holz unter den Kessel legte. Alter, der wollte mich kochen!

Jetzt war da auch noch Tom. Er bekam ein knallrotes Gesicht und ihm wuchsen am Kopf zwei Hörner. Er war der leibhaftige Teufel! Mir wurde immer heißer und das Wasser kochte schäumend auf. Tim lachte hysterisch und warf etwas zu mir in die Suppe. Es waren Schokoriegel!

Ich schreckte hoch, es war nur ein Albtraum! Ich wischte mir den Schweiß von der Stirn und setzte mich auf den Bettrand, da schlug die Turmuhr zwölf Mal - Mitternacht. Geisterstunde!

KRAWUMM!

Was war das? Es hörte sich an, als ob jemand eine Bowlingkugel auf den Boden knallt. Willy schnarchte leise. Das war schön für ihn, denn zu Anfang hatte er sehr unruhig geschlafen. Immer wieder hatte er den Namen eines Mädchens gerufen und sich hin und her gewälzt.

KRAWUMM!

Das Geräusch kam von draußen. Wer machte denn hier mitten in der Nacht solchen Lärm? Ich bekam eine Gänsehaut. Sollte ich Willy aufwecken? Ich entschied mich, ihm seinen Schlaf zu lassen, und schlich mich raus. Ich folgte den Geräuschen bis zum Treppenhaus.

KRAWUMM!

War das wirklich eine Bowlingkugel? Der Krach kam aus dem *Westflügel.* Na toll, der Mehrlinge-Flügel. Leise schlich ich weiter. Rechts waren Zimmertüren und links große Rundbogenfenster, durch die der Vollmond schien. Kalte Nachtluft wehte hinein und die dunklen Vorhänge bewegten sich hin und her wie der Brustkorb eines schlafenden Monsters. Der Wind ließ mich in meinem dünnen Schlafanzug frösteln und die Schatten der Vorhänge tanzten auf den Bildern der gegenüberliegenden Wand. Es waren Porträts und von Bild zu Bild waren die Leute moderner gekleidet. Erst Ritter, dann Kreuzritter, dann Soldaten in altmodischen Uniformen und ein Nazi-Offizier (von der SS, das Bild hätte ich ja abgehängt!). Das letzte Bild zeigte den Direktor mit einer Schrotflinte.

Merkwürdigerweise sahen alle aus wie der Direktor und alle hatten seine hässliche Gurkennase. Waren das seine Vorfahren? Wenn ja, hätte es seinen Verwandten bestimmt nicht geschadet, mal jemand Hübsches zu heiraten. Aber vermutlich waren die hübschen Frauen beim Anblick seiner Vorfahren immer schnell getürmt.

Im fahlen Mondlicht sah es so aus, als wären die Leute lebendig und würden gleich aus ihren Rahmen klettern. Ihre Augen (mehr noch ihre Nasen) schienen mich zu verfolgen und ihre Blicke fragten: Was machst du hier mitten in der Nacht?

KRAWUMM!

Ich schlich weiter durch die Dunkelheit und kam zu einer Tür mit einem Schild darauf.

Durchgang zum Hexenturm - Bauarbeiten. Betreten STRENG VERBOTEN! Der Direktor.

SCHEPPER!

Das Geräusch kam eindeutig aus dem Raum hinter der Tür. Mein Herz klopfte, als ich die Klinke langsam nach unten drückte. Mit einem leisen Knarren öffnete ich die Tür einen Spalt, da konnte ich meinen Arm plötzlich nicht mehr bewegen und mein Handgelenk kribbelte. Es tat nicht weh, war aber unangenehm. Ich wollte den Arm wegziehen, doch es ging nicht. Was war das?

»Lass die Türklinke los«, hauchte jemand hinter mir.

Mein Herzschlag verdoppelte sich. Ich drehte mich langsam um und sah ein Mädchen. Schon wieder unerwarteter Mädchenkontakt! Sie war circa 16, hatte wunderschöne, leuchtend blaue Augen und eine süße Nase. Ein Schmetterling saß seitlich in ihrem Haar, das im Mondlicht golden schimmerte. Sie trug ein Nachthemd und war atemberaubend schön.

Sie könnte locker bei Germanys Next Top Model gewinnen, bräuchte sich nur hinstellen und lächeln, dann würden die alten Säcke aus der Jury tot umfallen. Aber vorher würden sie ihr mit letzter Kraft noch ihr Foto geben.

Das Mädchen schloss leise die Tür. »Was machst du hier draußen mitten in der Nacht?«, fragte sie.

»Das könnte ich dich auch fragen.«

»Ich passe auf, dass Typen wie du nicht sterben.« Sie ging den Flur entlang. »Komm schon, du musst so schnell wie möglich in dein Zimmer.«

Wir gingen den unheimlichen Bilder-Gang zurück. Diesmal sahen die Porträts sogar noch gruseliger aus.

»Wieso sollte ich sterben?«, fragte ich.

»Auf dieser Burg geschehen seltsame Dinge bei Vollmond.«

»Was habt ihr hier nur alle mit dem Vollmond?«

»Das ist kompliziert. Triff mich bitte morgen nach dem Unterricht am Waldsee bei der alten Jagdhütte.«

»Du meinst den Waldsee mit dem Seeungeheuer?«

»Ja, ich muss dir etwas Wichtiges erzählen, komm bitte morgen vorbei.«

Wir erreichten mein Zimmer und blieben vor der Tür stehen.

»Wieso willst du mich ausgerechnet dort treffen?«

»Das erkläre ich dir, wenn du kommst. Oder hast du Angst?«

»Wovor denn?« Ich richtete mich auf. »Ich glaube nicht an Seeungeheuer.«

»Dann kommst du?«

»Klar. Wie heißt du?«

»Charleen.«

Ich öffnete meine Zimmertür. »Ich bin ...« Als ich mich umsah, war sie verschwunden.

Dann werde ich ihr meinen Namen wohl morgen sagen müssen. Bei unserem Date. Ich hatte ein Date, wie cool war das denn?

Am nächsten Morgen kam Willy nicht vom Klo runter, daher ging ich alleine los zum Unterricht. Endlich hatte ich mal Zeit für mich alleine! Im Treppenhaus begegnete mir Tina, doch sie ging zur Bibliothek.

»Kommst du nicht zum Unterricht?«, fragte ich.

Tina blieb beim Bild mit dem schwarzen Ritter und den zahllosen Toten stehen.

»Würde ich ja«, flüsterte sie, »aber der Direktor hat mich von Glaubenskunde ausgeschlossen.«

»Glaubenskunde?« Ich rieb nachdenklich mein Kinn. Das tat ich immer, wenn ich nachdachte, obwohl ich keinen Bart hatte. Jedenfalls keinen Richtigen, nur so ein flaumiges Zeug, von dem ich nicht wusste, ob ich es nun rasieren sollte oder nicht. »Du meinst bestimmt Religion, oder?«

»Religion darf der Direktor nicht unterrichten, deshalb hat er bis zum Regelbetrieb im Januar das Fach Glaubenskunde eingeführt.«

»Ist das sowas wie Ethik? Das gibt's in meiner Berliner Schule auch.«

»Mit Ethik hat das Gesülze des Direktors bestimmt nichts zu tun, aber Glaubenskunde ist auf jeden Fall ein Pflichtfach.«

»Nur für dich nicht. Warum?«

»Weil ich Tim beleidigt habe. Der Idiot labert nur Bullshit und bei sowas kann ich meine Klappe nicht halten.«

»Der sagt doch nie was.«

»In Glaubenskunde schon.«

»Ist aber krass, wegen der Beleidigung eines Mitschülers vom Unterricht ausgeschlossen zu werden.«

»Ich habe ihn mit *vielen* Worten beleidigt.«

»Aha ...«

»Ich hab ihn auch einen Nazi genannt.«

»Alter!«

»Deshalb hat der Direktor mich rausgeworfen. Ich bin jetzt die böse Ungläubige.«

Ich sah sie verwundert an.

»Du wirst es verstehen, wenn du es erlebst.«

Sie ging weiter, doch dann drehte sie sich wieder um. »Wie heißt du eigentlich?«

»John«, sagte ich und wuchs um einige Zentimeter. »Ich heiße John.«

Im Unterricht beneidete ich Tina schon nach wenigen Minuten um ihre Befreiung. Der Direktor schwafelte ohne Pause über die glorreichen Tage der Kreuzzüge, wo die wahrhaft Gläubigen im Namen des Herrn die Welt neu ordneten. Jetzt verstand ich, warum im Treppenhaus so viele Bilder aus dieser Zeit hingen.

»Was denkt ihr?«, fragte er. »Sollten wir Europäer in einen neuen Kreuzzug aufbrechen und die Feinde der westlichen Welt besiegen?«

Tim meldete sich. »Vorsorge ist besser als Nachsorge.«

Die Drillinge meldeten sich. »Wir sollten die Ungläubigen in einem gerechten Krieg ausrotten«, sagte der Erste, »solange uns Zeit dafür bleibt«, sagte der Zweite. »Am besten sofort!«, sagte der Dritte.

Ich bekam eine Gänsehaut. Was hatte ich für krasse Mitschüler? Ich würde Tim und den Drillingen gerne sagen, dass ich sie für Vollhonks hielt, aber ich war seit meinem peinlichen Desaster auf dem Schulhof schon unter Tims besonderer Beobachtung, das wollte ich nicht noch verschlimmern.

Ich zuckte zusammen, als Willy den Arm hochriss.

»Habt ihr sie noch alle?«, schimpfte er. »Wollt ihr jeden umbringen, der eurer Meinung nach ungläubig ist? Dann habt ihr viel zu tun.«

Tim drehte sich um und sah Willy mit einem eisigen Blick an.

Direkt vor mir meldete sich ein anderer Schüler. »Also ich finde auch ...«

»Max, bist du bescheuert?«, flüsterte der Junge neben ihm. »Willst du auf Tims schwarzer Liste landen?«

Tim nahm ein kleines, schwarzes Notizbuch. Er schlug es auf, zückte einen Stift und sah dann zu Max.

»Was wolltest du sagen?«, fragte der Direktor.

»Nichts, alles okay«, stotterte Max.

Tim grinste und steckte sein Notizbuch wieder weg.

Was war das denn für eine Nummer?

»Willy hat nicht Unrecht«, sagte der Direktor. »Die Ungläubigen sind in der Überzahl. Wie könnte eine Handvoll Gläubige eine Übermacht an Ungläubigen dennoch besiegen?«

Tim meldete sich. »Mit Gottes Hilfe!«

Der Direktor grinste. »Ja, Tim, du hast vollkommen Recht. Kennt ihr Geschichten, in denen Gott seinen Auserwählten gegen die Ungläubigen geholfen hat?«

Die Arme der Drillinge schossen in die Höhe. »Die Arche Noah«, sagte der Erste. »Sodom und Gomorra«, sagte der Zweite. »Die zehn Plagen«, sagte der Dritte.

»Richtig«, sagte der Direktor, »in all diesen Geschichten strafte Gott die Menschen für ihre Sünden. Zeitgleich half er einer Schar Auserwählter bei der Flucht vor seinem Zorn. Wäre es nicht schön, wenn wir Gott rufen könnten? Dann könnte er wieder einmal die Ungläubigen bestrafen und seine Auserwählten retten. Ich habe euch doch von dem Rollsiegel meines Vorfahren erzählt?«

Die Schüler nickten.

»Die Legende darüber besagt, dass beim Abrollen des Siegels ein mächtiges Wesen erscheint, das einem einen beliebigen Wunsch erfüllen kann.«

»Wie bei einer Wunderlampe?«, fragte Willy.

»Ja«, antwortete der Direktor, »nur dass bei dieser Wunderlampe Gott persönlich erscheint.«

Ich sah den Direktor mit offenem Mund an.

»Leider ist das Siegel irgendwo in den Grotten unter dieser Burg verschollen. Es wäre so schön, wenn wir es eines Tages finden würden, dann könnten wir Gott bitten, die Erde von den Ungläubigen zu säubern wie einst mit der Sintflut.«

Noch weiter konnte ich meinen Mund nicht aufklappen.

Endlich war Mittagszeit, doch das war absolut kein Grund zur Freude. Mein Direktor war nicht ganz dicht und würde am liebsten Gott um den Weltuntergang für Ungläubige bitten! Wie krank war das denn? Wussten meine Eltern, was das hier für ein Internat war? Steckten mich einfach zu einer Weltuntergangssekte in den Wald, also echt! Und Tim war nach Willys Nummer im Unterricht bestimmt noch mehr hinter uns her, als zuvor. Wir standen mit Sicherheit auf seiner schwarzen Liste.

Meine Laune sank auf einen neuen Tiefpunkt und das Essen hob sie nicht. Es gab halb verbranntes Gemüseschnitzel mit komischer Soße. Grauenvoll! Die anderen Schüler unterhielten sich lautstark über das gruselige Essen. Ich stocherte lustlos in den Einzelteilen meines Schnitzels herum. Willy futterte laut schmatzend einen Schokoriegel, dabei erzählte er von den Gefahren des heutigen Vollmonds. Die Sache mit Tim hatte er offenbar schon abgehakt.

»Wir glauben, dass der Direktor bei Vollmond im Burgverlies verbotene Experimente mit Waisenkindern macht«, sagte Willy. »Daher nennen wir ihn auch *Doktor Gurkenstein*. Manchmal hört man in der Nacht ihre Schreie.«

»Das sind vermutlich die Schüler, die sich mit Tim angelegt haben«, sagte ich.

Willy hörte auf zu schmatzen. »Ja, vielleicht«, krächzte er.

»Ich habe gestern Nacht tatsächlich was gehört.«

»Was denn?«

»Merkwürdige Geräusche aus dem Hexenturm.«

Willy legte seinen Schokoriegel auf den Tisch. »Wo ... woher weißt du, dass sie daher kamen?«

»Ich hab nachgesehen.«

»Du warst nachts unterwegs? Bei Vollmond? Bist du komplett durchgeknallt?«

»Hör doch auf mit dem Vollmond.«

Willy sah sich nervös um. »Hier geschehen seltsame Dinge bei Vollmond.«

Ich rieb mein verbranntes Handgelenk. »Charleen hat auch sowas erzählt.«

»CHARLEEN?« Willy sprang auf und warf seinen Stuhl um. Plötzlich war es still im Speisesaal. Alle Schüler sahen uns an.

»Was habt ihr denn alle? Ich hab sie gestern Nacht im Flur getroffen. Warum war sie nicht im Unterricht?«

»Weiß er es nicht?«, fragte Tina, die plötzlich an unserem Tisch stand.

»Was denn?«

»Charleen ist vor einem Monat spurlos verschwunden«, sagte Willy.

»Charleen war wie eine Schwester für mich«, sagte Tina. »Meine Eltern sind ihre Pflegeeltern, weißt du. Sie ist ein Waisenkind ... Es ist alles so furchtbar. Sie wollte zu den Zwillingen und ist nie zurückgekehrt. Die haben sie einfach verschwinden lassen! Grausam ermordet. Und jetzt geistert ihre wütende Seele durch die Burg und lockt Jungen zu sich in die Schattenwelt. Sie verabredet sich mit ihnen am See und stößt sie hinein. Zum Seeungeheuer.«

»Oh Gott!«, stöhnte ich.

Für mehrere Sekunden schwiegen alle und mir schauderte. Hatte ich gestern wirklich einen Geist gesehen, der mich in eine Todesfalle locken will? Jetzt pochte mein Handgelenk vor Schmerz.

»Aber wenn die Zwillinge sie ermordet haben, warum wurden die beiden nicht verhaftet?«, fragte ich.

»Charleen ist früher oft von ihren Pflegefamilien weggelaufen«, erklärte Tina. »Der Direktor glaubt, dass sie wieder ausgerissen ist und bald zurückkommt.«

»Vielleicht stimmt das ja, ich hab sie gestern doch quicklebendig gesehen!«

»Ja, ihren Geist. Hat sie dich da angefasst?« Tina zeigte auf mein Handgelenk.

Ich nickte.

»Wenn du sie nochmal siehst, dann lauf weg, so schnell du kannst. Die nächste Begegnung mit ihr könnte deine Letzte sein.«

Na toll, ich hatte ein Date mit einem rachsüchtigen Geist an einem See mit einem Ungeheuer. Zu allem Überfluss war auch noch Vollmond!

Ich verließ die Burg direkt nach Schulschluss und ging über die Terrasse zur Treppe, die zur Jagdhütte am See führte. Es war kühl und ich zog den Reißverschluss meiner Jacke hoch. Vor der Treppe stand Tina.

»Bitte geh nicht! Ich habe schon viele Jungs erlebt, die Charleen beeindrucken wollten.«

»Das will ich gar nicht, ich will nur mit ihr reden.«

»Und das ausgerechnet am See?«

»Glaubst du ernsthaft, dass sie mich umbringen will?«

»Ja! Ein Junge hat mir letzten Monat, kurz nach Charleens Verschwinden, davon erzählt. Ich traf ihn, als er panisch mit seinem Rollkoffer über den Burghof rannte. Er sagte, er will nur noch aus diesem Irrenhaus raus. Ein Geist wollte ihn dem Seeungeheuer zum Fraß vorwerfen! Er konnte sich mit Mühe losreißen und in letzter Sekunde vor den peitschenden Tentakeln flüchten, die aus dem See nach ihm griffen.«

»Alter!«

»Er hatte großes Glück. Wenn ich könnte, würde ich auch sofort abhauen, aber ohne meine Schwester ...«

»Das ist doch alles haarsträubend. Ich rufe morgen vom Dorf aus die Polizei an. Meine Eltern sind Polizisten, die werden hier alles auseinandernehmen, bis wir sie gefunden haben.«

»Vielleicht warten wir noch damit«, schniefte Tina.

»Warum?«

»Ich ...«, stammelte sie, »ich habe die Hoffnung noch nicht ganz aufgegeben. Vielleicht hast du recht und sie ist doch kein Geist. Das klingt ja schon verrückt.«

»Dann komm doch mit!«

Tina sah mich entsetzt an. Sie schüttelte den Kopf. »Ich kann nicht.« Eine Träne lief über ihr Gesicht.

»Hey«, sagte ich sanft und berührte sie an der Schulter, »ich glaube, dass Charleen lebt und mit jemandem reden will. Vermutlich braucht sie Hilfe. Ich gehe zu ihr.«

»Tu, was du nicht lassen kannst. Ich werde eine Kerze für dich anzünden, wenn das Ungeheuer dich aufgefressen hat.«

»Mach das«, sagte ich und zwinkerte ihr zu.

Ich stieg die steile Treppe hinab und passierte einen Durchgang im Burgwall. Mein Herz pochte schneller. War ich verrückt? Sollte ich nicht lieber umkehren? Ich erreichte den See und ging am Ufer entlang zu einer alten Jagdhütte.

Die Sonne ging unter. Im Wald hörte ich Äste knacken und Laub rascheln. Entweder rüsteten sich harmlose Tiere für den nahenden Winter oder böse Waldgeister formierten sich zum Angriff. Die Minuten vergingen und es wurde immer kälter. Es war ein grauer Herbsttag und Nebel bildete sich auf dem See. Die Fenster der alten Jagdhütte waren mit Holzbrettern zugenagelt und der Wind pfiff durch Ritzen im Holz.

Das machte ein Geräusch wie das Stöhnen eines Geistes. Da berührte mich etwas von hinten und ich fuhr erschrocken herum. Es war Charleen.

»Was ist los?«, fragte sie.

»Ich ...«

Was sollte ich sagen? Würde sie ausflippen, wenn ich ihr erzählte, dass sie ein Geist war?

»Na toll!« Charleen rollte mit den Augen. Also nicht buchstäblich, denn das wäre ja echt grauenvoll. Sie verdrehte die Augen und schüttelte den Kopf. »Du hast mit dieser dummen Kuh gesprochen!« Sie blickte mich finster an.

»Mit wem?«

»Mit Tina natürlich!« Charleen drängte mich rücklings zur Hütte. Ich stolperte fast über die Verandatreppe und krachte mit dem Rücken an die Wand. Ihr Gesicht war nur Millimeter von meinem entfernt. Meine Haare richteten sich auf. Ich spürte knisternde Elektrizität und Funken sprangen über, die ziemlich wehtaten. Dann rückte sie plötzlich von mir ab und schaute zum See. »Tina glaubt, dass ich ein böser Geist bin.«

Ich schluckte. »Das hat sie erwähnt.«

»Sie glaubt, dass ich Jungen hierher locke und in den See stoße!«

»Das hat sie auch erwähnt.«

»Sie ist meine Schwester«, schniefte Charleen, »und jetzt behandelt sie mich wie ein Monster!«

»Was ist denn passiert?«

»Als ich Tina als Geist erschienen war, um sie um Hilfe zu bitten, rannte sie schreiend davon. Das konnte ich ja noch verstehen. Aber dann warnte sie unsere Mitschüler vor mir. Seitdem rennen alle vor mir weg oder halten mir ein Kreuz vor die Nase. Sie schlagen sogar mit Eisenstangen nach mir, weil Tina in einer Fernsehserie gesehen hat, dass das gegen Geister hilft. Keiner will mir zuhören. Dann bist du aufgetaucht und ich habe gehofft, endlich wieder mit jemandem vernünftig reden zu können.«

»Tja«, ich versuchte ein Lächeln, »hier bin ich.«

»Glaubst du auch, dass ich ein Geist bin?«

»Du siehst sehr lebendig aus ...«

»Das ist das Netteste, was mir jemand seit einem Monat gesagt hat.«

»Warum glauben denn alle, dass du ein Geist bist?«

Sie sah mich an. »Mein Körper hat sich verändert.«

»Ja, das passiert in einem bestimmten Alter. Das nennt sich Pubertät.«

Charleen grinste. »Haha, du bist sehr witzig. Nein, mein Körper wurde irgendwie ... verzaubert. Seitdem bin ich unsichtbar und kann mich nur mühsam sichtbar machen.«

»Dann könntest du jetzt unsichtbar werden?«

»Wenn es denn sein muss.«

Sie verschränkte die Arme, kniff die Augen zusammen und verschwand. Vorsichtig tastete ich nach ihr, doch da war nichts. Ich holte weiter aus und griff immer nur ins Leere. Mittlerweile war die Sonne über dem See fast vollständig untergegangen und ihr tiefrotes Licht brachte den Nebel darüber zum Leuchten. Ich sah zum Haus. Dort war mein Schatten an der Wand und direkt daneben ihrer. Ich tastete vorsichtig in ihre Richtung, dann berührten sich unsere Schatten, doch ich griff ins Leere.

»Charleen«, hauchte ich, »bitte mach dich sichtbar.«

Sofort stand sie wieder neben mir. Meine Hand durchbohrte ihren Bauch und kribbelte ganz schrecklich. Erschrocken zog ich sie zurück.

»Lustig, oder?«

Ich spürte einen Schweißtropfen über meinen Rücken fließen.

»Nee, eher nicht. Außerdem wirst du nicht nur unsichtbar, du löst dich ja richtig auf!«

Charleen sah betrübt zum Boden. »Ja, ich löse mich auf.«

Einige Zeit schwiegen wir und blickten auf den See. Es war das erste Mal, dass ich mit einem Mädchen so etwas *Romantisches* tat, wie einen Sonnenuntergang beobachten.

»Warum wolltest du mich hier treffen?«, fragte ich.

»Wenn du lebendig zurückkehrst, glaubt mir Tina vielleicht, dass ich kein Geist bin. Bitte kehre lebendig zurück.« Sie lächelte.

»Ich geb' mir Mühe. Wie wurdest du verzaubert?«

»Ich weiß es nicht.« Sie sah mich an. »Ich muss wieder zurück verzaubert werden, sonst sterbe ich. Dann bin ich wirklich ein Geist.«

»Du stirbst?«

»Ich kann nichts essen oder trinken. Eigentlich müsste ich schon lange verdurstet sein, aber mein verzauberter Körper kann offenbar länger ohne Essen und Trinken auskommen. Aber jetzt spüre ich, dass es mit mir zu Ende geht. Meine Kräfte schwinden und es fällt mir immer schwerer, mich sichtbar zu machen oder Dinge zu bewegen.«

»Das tut mir leid. Was können wir tun?«

Charleen lächelte. »Du bist süß. Du fragst, was *wir* tun können. Ich weiß leider nicht, wie wir den Zauber rückgängig machen können, aber vielleicht wissen es die Zwillinge.«

»Was haben die mit dir gemacht?« Meine Stimme bebte vor Wut.

»Ich fühle mich nicht so gut.« Charleen sah mich müde an. »Ich muss mich wieder unsichtbar machen und ausruhen. Ich kann auch keine so langen Ausflüge mehr machen, deshalb komm morgen ins Burgverlies. Dort wohne ich und dann erzähle ich dir, was wir vielleicht tun können. Bis dahin geh den Zwillingen bitte aus dem Weg.«

»Aber ...«

Charleen war verschwunden. Ich schaute zur Wand hinter mir, doch die Sonne war schon untergegangen und es gab keine Schatten mehr. Der Nebel stieg höher und hüllte die Jagdhütte und mich ein. Etwas knackte im Wald und es wurde Zeit, schnellstens von hier zu verschwinden.

Das Quanten-Tablet

Es war dunkel und stickig. Meine Arme und Beine schmerzten. Ich war gefesselt! Mein Herz raste wie bei einem schnellen Sprint. Wo war ich nur? Ich konnte kaum was erkennen, da hörte ich ein leises Knarren. Meine Fesseln spannten sich und zogen mich in die Länge. Meine Knochen und Gelenke knackten laut. Der Schmerz war unbeschreiblich.

Ein Kichern. Ich sah schräg nach hinten - es war Tim. Alter, ich lag in einem dunklen Verlies auf der Streckbank und Tim drehte am Rad! Plötzlich öffnete sich laut quietschend die Kerkertür. Tom kam mit dem Arm um ein Mädchen herein. Es war Charleen!

»Wenn ich weiter am Rad drehe, wird er gevierteilt«, sagte Tim. »Was soll ich tun?«

»Dreh weiter«, sagte Charleen. Dann lachte sie hysterisch und küsste Tom. Mit Zunge!

»Aaah!« Ich setzte mich schweißgebadet auf. Gott sei Dank saß ich in meinem Bett. Es war wieder nur ein Albtraum!

Mein Herzschlag beruhigte sich langsam. Aber was bedeutete dieser Traum? Hatte ich Angst vor Charleen? Das war doch Unsinn.

Willy hatte auch einen Albtraum. Er wälzte sich unruhig hin und her und weinte dabei.

»Emma«, schniefte er. »Wo bist du?«

Ich machte meine kleine Leselampe über dem Bett an. Willy schreckte auf und sah sich erschrocken um.

»Was ist los?«, fragte er.

»Nichts, ich hatte nur einen Albtraum von den Zwillingen.«

»Kann ich verstehen.« Willy wischte sich das tränennasse Gesicht.

Was hatte er nur geträumt und wer war Emma?

Mit zitternden Beinen stand ich auf.

KRAWUMM!

Willy schaute mich entsetzt an. »Was war das?«

»Das war auch letzte Nacht. Es kommt aus dem Hexenturm.«

»Du solltest wieder ins Bett gehen!«

»Nein, bevor ich Charleen morgen in ihrer Gruft besuche, will ich wissen, was hier nachts abgeht!« Zielstrebig ging ich zur Tür.

Willy stand auf und schlüpfte in peinliche Minions-Pantoffel. Er stellte sich vor die Tür.

»Tu das nicht. Heute ist Vollmond!«

»Gestern war Vollmond. Es kann nicht jeden Tag Vollmond sein, oder?«

»Die Tage davor und danach sind genauso gefährlich!«

»Ach was!«

Ich machte eine beschwichtigende Geste und spielte den mutigen Entdecker, doch das Gefühl in meinem Bauch sagte mir etwas anderes. Meine Albträume hatte ich sicherlich nicht ohne Grund, aber ich musste mehr erfahren, daher zwängte ich mich an Willy vorbei und verlies das Zimmer.

Ich schlich mich wie die Nacht zuvor durch den Mehrlinge-Flügel. Wieder beobachteten mich die gruseligen Bilder und mein Bauch verkrampfte sich immer mehr. Endlich erreichte ich die geheimnisvolle Tür zum Hexenturm und wollte sie gerade öffnen, als ich ein unheimliches Keuchen hinter mir hörte. Ich drehte mich um und zuckte zusammen. Es war Willy.

»Was machst du denn hier?«

»Komm zurück«, sagte Willy außer Atem. »Du willst doch nicht heute Nacht sterben, oder?«

»Blödsinn! Ich muss einfach mehr erfahren. Ich werde auch ganz leise sein, niemand wird mich bemerken.«

KRAWUMM!

Ich nahm all meinen Mut zusammen, atmete tief ein und öffnete die Tür so leise wie möglich. Durch den Türspalt konnte ich etwas erkennen. Willy drängte sich an mich und sah ebenfalls hindurch. Seine Zähne klapperten.

»Leise«, zischte ich.

Willy presste die Lippen aufeinander. Wir sahen in einen runden Raum mit hoher Decke. Links war ein Fenster, durch das Mondlicht hineinfiel. In der Mitte war eine Wendeltreppe aus Metall, die zu den Stockwerken über und unter uns führte. Im Raum verteilt standen Paletten mit Kisten und Kartons. An der uns gegenüberliegenden Wand war ein riesiger Spiegel. Davor standen die Zwillinge in ihren Lederhosen. Eine große Taschenlampe am Boden leuchtete sie hell an.

»Was machen die da?«, fragte Willy.

»Kann ich nicht sehen. Die Treppe ist im Weg.«

Vorsichtig schlüpfte ich durch den Spalt und schlich von einer Kistenpalette zur nächsten. Ich schaltete in den Ninja-Modus. Niemand würde mein Kommen bemerken, bis es für ihn zu spät war und sein letztes Stündlein geschlagen hatte. Ich grinste zufrieden, doch als ich eine Palette in der Nähe der Zwillinge erreichte, stand dort schon Willy.

»Wie ...?«

»Meine Schlapfen* sind magisch!« Er hob einen Fuß und grinste. »Mit denen gleite ich wie auf Schlittschuhen. Die sehen vielleicht nicht cool aus, sind es aber.«

Ich schüttelte den Kopf. »Deine Was-auch-immer sind vielleicht magisch, aber sie sind in tausend Jahren nicht cool!«

Vorsichtig lugte ich hinter dem Kistenstapel hervor und schaute zu den zwei Jungs. Tim lehnte an der Wand neben dem Spiegel und spielte mit einem Tablet. Tom hob eine Kiste hoch und warf sie achtlos zur Seite.

KRAWUMM!

---

* Bayerisch für Hausschuhe

Dann trat er gegen eine weitere Kiste, die daraufhin umfiel.

KRAWUMM!

»Das war also der Lärm«, flüsterte ich.

Tim stampfte mit dem Fuß auf. »Pass doch auf, du Honk!«

»Ich brauche den Platz«, meckerte Tom. »Und nenn mich nicht Honk!«

»Du bist aber einer!«, zischte Tim.

Tom murmelte etwas Unverständliches, dann stellte er eine große Lautsprecherbox auf. Er nahm ein Kabel und hielt es Tim vor die Nase.

»Gib schon her«, sagte Tim. Er schloss das Tablet an, da ertönte ein lautes Knacken und Brummen. Dann spielte ein Klavier *Alle meine Entchen.*

Tom stellte sich vor den Spiegel und richtete seine Lederhose. Tim lehnte das Tablet gegen den Lautsprecher, so dass es zum Spiegel zeigte. Jetzt konnte ich das Display sehen, es war ein gelber Smiley darauf, der auf und ab hüpfte. Neben ihm tanzten Notensymbole herum.

»Ich glaub es nicht«, flüsterte ich. »Diese Typen hören nachts heimlich Kinderlieder!«

»Vielleicht sind sie ja gar nicht böse, sondern nur doof?«

»Komm jetzt, du musst mitmachen«, sagte Tom.

Tim verschränkte die Arme. »Du willst doch diese blöde Kuh retten, also ziehst du die Nummer alleine durch.«

»Aber wir müssen es gemeinsam machen. Es hat doch schon gestern nicht geklappt. Bitte!«

Tim schüttelte den Kopf, dann sah er zum Tablet mit dem hüpfenden Smiley. »Na los, Flummihirn. Lauter!«

Die Musik ertönte in voller Lautstärke, da begann Tom zu hüpfen und zu klatschen. Aber er klatschte nicht nur in die Hände, sondern auch gegen seine Füße sowie seine Ober- und Unterschenkel.

»Jesus, Maria und Josef«, flüsterte Willy. »Tom *schuhplattelt*!«

»Das ist krank«, sagte ich, »RICHTIG krank!«

Als das Lied vorbei war, japste Tom vor Erschöpfung.

Tim sah zum Smiley auf dem Tablet. »Und, Flummihirn?«

Der Smiley hörte auf zu hüpfen und schüttelte den Kopf.

»Es klappt nur, wenn ihr die Regeln befolgt.«

»Es sind blöde Regeln«, sagte Tom.

»Regeln sind was für Kleinkinder«, schimpfte Tim.

»Dann kann ich euch nicht helfen!«

Der Bildschirm wurde schwarz.

Nach unserem nächtlichen Ausflug zum Hexenturm hatten wir uns leise verkrümelt. Willy hatte kein einziges Wort gesagt und auch am nächsten Morgen in der Klasse schwieg er. Im Speisesaal wollte ich ihn nicht auf letzte Nacht ansprechen und so sparte ich mir meine Neugier auf.

Am Nachmittag saßen wir in der Bibliothek an einem Tisch und Willy machte keine Anstalten, von sich aus zu beginnen. Er blätterte nur durch sein Buch mit Dino-Witzen, doch er lachte nicht.

»Hast du eine Idee, was gestern geschehen ist?«

Willys Hände zitterten, er atmete schneller.

»Du kannst es mir erzählen.«

Willy sah mich an, seine Augen waren gerötet. »Es ist alles meine Schuld.«

»Was denn?«

»Alles!«

»Was meinst du?«

Willy blickte zum Fenster hinaus. »Mein Vater hasst mich.«

»Das tut mir leid, aber was hat das ...«

»Mein Vater arbeitet für ein Forschungszentrum in der Schweiz.«

»Aha ...«

»Er hat mich in dieses furchtbare Internat zu den Mutanten hier gesteckt, um mich zu bestrafen!«

Die anderen Schüler sahen zu uns.

»Nicht so laut!«

»Am Abend vor meiner Abreise habe ich was Schlimmes getan«, sagte Willy und eine Träne kullerte über seine Wange. »Ich hab ihm was geklaut und hierher mitgenommen. Jetzt kann ich nie wieder nachhause.«

»Was denn?«

»Ich kannte die Tresorkombination von meinem Vater, wo er ein Gerät versteckt hatte. Ich steckte es in meinen Koffer und so landete es hier. Vermutlich hat er das Verschwinden dieses Geräts noch gar nicht bemerkt. Er arbeitet an so vielen Projekten gleichzeitig ...«

»Was denn für ein Gerät?«

»Ein Tablet.«

»Aha«, sagte ich.

»Es ist kein normales Tablet. Es ist ein Quantencomputer, das ist ein ...«

»Ich weiß, das ist ein Supercomputer.«

»Das Tablet ist viel mehr als nur ein Supercomputer, es hat ein Bewusstsein!«

»Was?«

»Es ist eine künstliche Intelligenz, eine KI!« Willy sah mich mit riesigen Augen an. »Es ist lebendig!«

»Alles klar!« Ich nickte übertrieben.

»NICHTS ist klar!«, schrie Willy. Er wühlte in seinem Rucksack, doch er fand nichts und warf ihn auf den Boden. »Als ich hier im September ankam, war ich megasauer auf meinen Vater und ich wollte am nächsten Tag gleich wieder abhauen. Oder am Übernächsten. Jedenfalls wollte ich von den anderen nichts wissen. Ich wollte ja nicht lange bleiben.«

Ich nickte. Dieses Gefühl kannte ich nur zu gut.

Willy blickte aus dem Fenster zum See, über dem die Sonne unterging.

»Nach zwei Wochen gab ich auf und entschied, zu bleiben. Ich nahm das Tablet aus dem Koffer und startete es. Ich war enttäuscht, denn es gab nur eine App namens *Quentin*. Zu Anfang war Quentin so dumm wie ein kleines Baby, aber mit der Zeit wurde er schlauer.«

»Okay, du hast 'ne intelligente App auf deinem geklauten Tablet, aber was hat das alles mit Charleen und gestern Nacht zu tun?«

»Charleen war nett zu mir. Ich mochte sie. Sie sagte, ich erinnere sie an jemanden. Ich zeigte ihr Quentin und sie unterhielt sich ganz viel mit ihm. Über das Leben und so. Auf einmal wollte Quentin nur noch mit Charleen reden und ich war Luft für ihn. Von Charleen schwärmte er als seine *Seelenverwandte*. Er wollte ihr die ganze Welt zu Füßen legen. Wie peinlich ist das denn?«

»Dein Tablet hat sich in Charleen verliebt!«

»Er sprach nur noch davon, seiner geliebten Charleen ein Geschenk zu machen. Er wollte ihr eine digitale Welt schenken, ein künstliches Universum.«

»Eine virtuelle Realität!«

»Ja, das war aber nicht so einfach, denn er hatte nicht genug Speicherplatz. Er hatte nur 10 Quanten-Terabyte.«

»Quanten was?«

»Ich hab's nicht wirklich kapiert, aber in *ein* Quantenbyte passt sehr viel mehr, als in ein normales Byte. Also statt einem Buchstaben oder einer Zahl passen da gleich alle auf einmal rein. Trotzdem reichte ihm der Platz nicht. Urplötzlich klappte es dann doch und er erschuf ein Universum mit sich selbst als Gott, er nannte es das Digit-All. Und dann klauten mir die bescheuerten Zwillinge das Tablet!«

»Aber wie ist Charleen ein Geist geworden? Waren das die Zwillinge?«

Willy sprang auf. »Der Dorfladen macht gleich zu!« Er schnappte sich seinen Rucksack und rannte weg.

Wenigstens wusste ich jetzt, warum Willy in diesem gruseligen Internat blieb. Er hatte seinem Vater das Tablet geklaut und traute sich jetzt nicht mehr nachhause. Wenn Charleen nicht wäre, würde ich sofort aus diesem Irrenhaus abhauen - auch ohne Geld und Handy. Doch zuerst musste ich herausfinden, wie sie verwandelt worden war, dann könnte ich das vielleicht wieder rückgängig machen. Die einzige Person, die meine Fragen jetzt beantworten konnte, war ein Geist. Ich entschied, der Sache noch vor dem Abendessen auf den Grund zu gehen. Doch nicht ohne Vorbereitung! Ich ging in mein Zimmer, um etwas zu holen. Meine Eltern hatten mich in die Wildnis abgeschoben, doch hatte ich eine kleine Notfalltasche dabei, von der sie nichts wussten. Sie lag immer griffbereit hinter meiner Sockenschublade im Kleiderschrank und als ich packen musste, nahm ich sie mit. Darin waren einige nützliche Dinge.

Als ich sie hatte, lief ich die Treppe hinunter bis zum Keller. Dort vermutete ich das Burgverlies, in dem Charleen lebte. Im Kellergeschoss angekommen musste ich mich entscheiden, ob ich nach links oder rechts gehe. Ein Schild wies nach links zum Heizungskeller. Ich entschied mich, in die andere Richtung zu gehen.

Ich folgte dem leeren, fensterlosen Gang mehrere Minuten. An den Wänden hingen Lampen, die wie Fackeln aussahen, aber in Wahrheit lichtschwache Energiesparlampen enthielten. Endlich kam ich zu einer Tür.

Burgverlies - Betreten STRENG VERBOTEN! Der Direktor.

Ich schaute nervös nach links und rechts. Keiner war da. Ich drückte die massive Türklinke in der Form eines Dinosauriers nach unten. Dann versuchte ich, sie zu öffnen, doch weder ziehen noch drücken half. Sie war verschlossen.

So altmodisch die massive Holztür auch aussah, so modern war der Schließzylinder in ihrem Schloss. Doch für mich war das kein Problem, denn in meiner Notfalltasche war ein Dietrich, also ein kleines Werkzeug, mit dem ich jedes Schloss knacken konnte. Und das war kein normaler Dietrich, mit dem ich stundenlang in einem Schloss herum schaben musste, um es zu öffnen. Es war ein hochmoderner Elektro-Dietrich, der das völlig automatisch erledigte. Ich hatte das Teil im Werkzeugkasten meines Vaters gefunden und mitgehen lassen.

Vorsichtig steckte ich den Dietrich in den Schließzylinder. Er surrte eine Sekunde und KLACK - das Schloss war offen. Ich hatte es auch nicht anders erwartet, hatte ich das doch unzählige Male zuhause geübt.

Mit einem lauten Quietschen öffnete ich die Tür. Mir richteten sich alle Härchen auf, so grausig war das Geräusch. Hatte es jemand gehört? Ich sah mich wieder nach allen Seiten um, doch niemand war da.

Vor mir war eine schmale Treppe, die steil in die Finsternis führte. In meiner Überlebenstasche hatte ich auch eine LED-Taschenlampe. Ich schaltete sie ein und sah vorsichtig nach unten. Links war eine rissige Steinwand, rechts ein gähnender Abgrund. Der Lichtkegel meiner Lampe verschwand in tiefer Dunkelheit. Ich ging los.

Je tiefer ich kam, desto kälter wurde es. Ich hatte nur ein T-Shirt an und auf meinen Armen bildete sich eine Gänsehaut. Ich rutschte mehrmals auf den windschiefen Stufen aus und klammerte mich dann an das rostige Geländer, das bei Belastung ächzte. Das Geräusch wanderte in die Tiefe und kam als unheimliches Echo wieder zurück.

Endlich erreichte ich das Ende der Treppe. Meine Augen hatten sich gut an die Dunkelheit gewöhnt und so reichte mir das Licht meiner Lampe. Vor mir lag ein riesiges Gewölbe und ich musste sofort an Moria aus dem Herrn der Ringe denken. Hoffentlich weckte ich keine seit Jahrtausenden schlafenden Monster! Überall waren große Pfützen mit einer trüben Brühe, vielleicht ja Ektoplasma, der eklige Geisterschleim. Ich musste einfach hoffen, dass es Wasser oder so war. Immer, wenn ich meine Taschenlampe auf einen dunklen Ort richtete, gab es ein Geräusch wie zertretene Kartoffelchips. Leider waren es keine leckeren Chips, sondern eklige Krabbeltiere mit viel zu vielen Beinen. Widerlich! Ich leuchtete mir den Weg durch hin und her krabbelnde Käferschwärme. Plötzlich krabbelten mehrere Käfer auf meinen Fuß und dann mein Bein hinauf. Ich schüttelte panisch mein Bein und lief zügig weiter. Lange würde ich mich hier echt nicht aufhalten wollen.

Auf dem feuchten Boden erkannte ich Spuren. Sie waren schmal und klein und ich vermutete sofort, dass es Charleens Fußabdrücke waren. Ich folgte ihnen bis zu einer Nische, in der eine fleckige, durchgelegene Matratze lag. Mehrere Bücher stapelten sich in einer Ecke, ganz oben lag eines, das ich von meiner Mutter kannte, es war eine Geschichte über im Sonnenlicht funkelnde Vampire. Ich finde ja, dass Vampire im Sonnenlicht nur eines tun sollten: verbrennen! Das Buch war eindeutig ein Mädchenbuch, ich war hier also richtig.

Ich leuchtete auf die Matratze und schrie erschrocken auf, denn an der Wand dahinter erschien der Schatten einer liegenden Person!

»Ch ... Charleen?«

Wer wusste denn, wie viele Geister hier hausten? Vielleicht lebten hier hunderte Dämonen aus den Tiefen der Hölle, herbeigerufen von unseren heidnischen Vorfahren. Hatte der Direktor nicht so eine Schauergeschichte erzählt? Mein Atem ging schneller und ich konnte ihn sogar sehen. Es war kalt! Bitterkalt! Konnte sich Charleen bitte jetzt mal sichtbar machen? JETZT! Doch der Schatten lag einfach nur da.

»Okay«, krächzte ich, »ich geh dann mal wieder.«

»Warte«, hauchte eine Stimme wie aus dem Grab. Der Schatten setzte sich auf.

»Bist du das, Charleen?«, fragte ich. Meine Hand mit der Taschenlampe zitterte.

»Ja.«

»Mach dich bitte sichtbar!«

Bitte, bitte, bitte!

»Ich versuche es«, flüsterte sie. »Meine Kräfte sind fast erschöpft.«

Ihr Schatten flackerte kurz, dann erschien sie. Sie saß auf der Matratze und atmete schwer. Sie sah mich mit ihren blauen, doch jetzt seltsam trüben Augen an. Ihre Wangenknochen traten stark hervor und sie sah abgemagerter aus, als gestern. Ihr Körper schien seltsam durchlässig.

»Warum bist du an diesem gruseligen Ort?«

»Hier unten ist eine unsichtbare Macht. Ich glaube, dass mein veränderter Körper sie zum Leben braucht.«

»Wie wurde dein Körper verändert?«

»Das ist eine lange Geschichte und so ganz genau weiß ich es auch nicht. Es begann alles mit Willys Tablet.«

»Ja, er hat mir von seinem Tablet erzählt.«

»Echt? Willy redet normalerweise nicht viel. Er mag dich offenbar.«

»Tja ...«

»Auf dem Tablet gibt es eine künstliche Intelligenz. Ich habe viel Zeit mit dieser App verbracht und ich glaube, sie ist in mich verliebt.«

»Wo die Liebe hinfällt.«

»Ich finde Typen, die sich in virtuelle Mädchen verlieben, total peinlich. Wie krank ist das denn, wenn sich jemand in eine App verliebt? Es soll ja sogar Leute geben, die einen Charakter aus einer App heiraten.«

Ich schmunzelte. »Das hab ich auch gehört.«

»Und dann verliebt sich eine App in mich und … was soll ich sagen, ich mochte ihn auch. Das ist so verrückt. Quentin ist eine App! Und ich mag ihn, also, wie einen Freund, also, nicht *als* Freund, du weißt schon.«

Ich nickte.

»Hältst du mich für verrückt?«

Ich schüttelte den Kopf. »Wenn er eine künstliche Intelligenz ist, dann ist er mehr, als nur eine App. Vielleicht ist er ja lebendig?«

»Das denke ich auch. Eines Tages wurde das Tablet gestohlen und ich vermutete sofort die Zwillinge als Täter. Ich wollte Quentin befreien und ging zu ihnen. Ich stürmte hinein und riss Tom das Tablet aus den Händen, dann wollte ich abhauen, aber Tim blockierte den Ausgang und hob drohend einen Baseballschläger! Tom zerrte am Tablet, aber ich ließ nicht locker, sondern trat ihn ... äh ... an eine unangenehme Stelle.«

»Okay ...«

»Er ließ los und ich wollte mich an Tim vorbeizwängen, doch ich hatte keine Chance. Er trat gegen mein Schienbein und ich stolperte zurück ins Zimmer, da holte er mit seinem Schläger aus, um mir den Rest zu geben. Er zielte direkt auf meinen Kopf, er wollte mich umbringen! Der Typ ist echt gefährlich, nimm dich bloß in Acht vor dem. Doch bevor der Schläger mich traf, wurden plötzlich meine Hände durchsichtig und das Tablet fiel durch sie hindurch auf den Boden! Ich wurde ohnmächtig und als ich wieder aufwachte …«

»Ja?«

Charleens Augen glitzerten feucht. »Ich konnte meine Hände nicht mehr sehen, ich konnte gar nichts von mir sehen. Ich bekam so schlimme Panik, wie noch nie. Ich hab geschrien und geweint …«

»Das tut mir leid.«

Sie wischte sich über das Gesicht. »Schon okay. Nach einer Weile konnte ich mich wieder sichtbar machen, aber das wird immer schwerer. Ich spüre, dass es mit mir zu Ende geht. Ich hab immer geglaubt, dass ich mal jung sterben werde, aber nicht so jung - und so sinnlos.«

»Du wirst nicht sterben«, versprach ich. »Du hattest Quentin in den Händen, als du unsichtbar wurdest. Das hat bestimmt etwas zu bedeuten. Wenn Quentin so ein geheimes Super-Tablet ist, dann hat er dich vielleicht verwandelt?«

Charleen seufzte. »Dann richte ihm meinen Dank aus.«

Ich wurde wütend. Richtig wütend. Auf diese Zwillinge und auf dieses Tablet.

»Ich hole Quentin zurück und verlange von ihm, dass er dich wieder normal macht. Sonst ... sonst nehm ich ihm den Akku raus!«

»Was auch immer du tust, geh bloß Tim aus dem Weg. Der ist verrückt, leg dich nicht mit ihm an. Der bringt dich um, ohne mit der Wimper zu zucken.«

Sie löste sich auf und ich konnte nur noch ihren Schatten auf der Matratze sehen. Meine Taschenlampe flackerte und ging aus. Panik schnürte mir die Kehle zu. Ich musste hier weg. Ich drehte mich um und rannte los. Ich rutschte auf dem glitschigen Boden aus und stürzte. Mein Knie tat höllisch weh und meine Hände kribbelten. Ich dachte, das kommt vom Sturz, aber das war leider NICHT SO! Käfer, überall Käfer! Ich schrie, sprang auf, schüttelte mich wie ein nasser Hund und schlug um mich. Ich sah einen schwachen Lichtschein von der Treppe und rannte hin, als verfolgte mich eine Zombie-Armee.

Ich stieß die Tür zum Kellergeschoss auf und atmete erleichtert auf. Endlich raus aus der Geisterhöhle. Die arme

Charleen! Sie lebte dort bei diesen ganzen Käfern. Wie konnte sie es dort nur aushalten?

Mein Herz raste und mein linkes Knie brannte höllisch. Ich hatte es mir bei meinem Sturz aufgeschürft. Ich humpelte bis zum Treppenhaus, dann setzte ich mich auf eine Stufe.

Charleen ging es dreckig und ich konnte nichts tun. Ich wischte mir die Augen. Die Zwillinge waren schuld an ihrem Zustand, das war klar. Sie sollten dafür bezahlen. Ich ballte die Fäuste, dann stand ich auf und humpelte die Stufen hoch zum Erdgeschoss. Mit klopfendem Herzen öffnete ich die Tür zum Speisesaal. Das grelle Licht blendete mich und der Lärm von Menschen schwappte mir entgegen wie eine zu hohe Welle, die mich Wasser schlucken ließ. Ich stoppte und japste nach Luft. Mein Knie pochte und das laute Stimmengewirr machte mir Kopfschmerzen.

Nur langsam konnte ich den Lärm ausblenden. Ich sah mich um. Eine lange Schlange stand an der Essensausgabe. Tom stand ganz vorne. Ich humpelte an Willy vorbei, der mir einen verdutzten Blick zuwarf, direkt zu Tom.

»Gib mir das Quanten-Tablet, du Honk!«

Die anderen Schüler verstummten. Mir wurde von der plötzlichen Stille kurz schwindlig.

»Wen nennst du hier Honk?« Tom baute sich vor mir auf. Ich sah ihm direkt in die Augen, dabei musste ich steil nach oben gucken.

»Du hast Willys Tablet gestohlen, gib es zurück!«

»Und wenn nicht? Was dann?« Tom war schon einen Kopf größer als ich, doch er schien noch zu wachsen.

Willy zog an meinem Shirt. »Lass uns gehen!«

Ich ignorierte ihn. »Gib mir das Tablet, oder du bist schuld an Charleens Tod!«

»Was weißt du über Charleen?«, fragte Tom. Er klang verunsichert.

»Ich weiß, dass du und dein Bruder an ihrer Verwandlung schuld seid!«

»Das stimmt nicht! Ich hätte Charleen niemals weh getan!« Toms Gesicht wurde knallrot.

Tim eilte vom anderen Ende des Speisesaals herbei. »Nicht hier, Tom«, flüsterte er. »Beruhige dich.«

Tom lief der Schweiß in Strömen über das Gesicht. Er wurde immer größer und überragte mich mittlerweile um zwei Köpfe. Ich kam mir vor wie in einem Horrorfilm. Es war so unwirklich, dass ich nicht mal Angst hatte.

Willy tippte mich an und deutete zum großen Panoramafenster. Dort spiegelte sich der Mond im See. »Tom verwandelt sich«, sagte er, »wir müssen abhauen!«

»Urgh!«, krächzte Tom. Seine Muskeln sprengten sein T-Shirt und dicke Adern traten aus seiner Haut. Seine Augen drehten sich nach oben und zeigten nur noch das Weiße. Sabber lief aus seinem Mund. An seinen Händen waren lange Krallen. Die anderen Schüler im Speisesaal schrien. Tische wurden umgeworfen, Geschirr fiel zu Boden. Tom griff nach mir. Jetzt war es nicht mehr unwirklich, jetzt erstarrte ich wie ein Häschen vor dem Wolf. Ich wartete darauf, gefressen zu werden.

»TOM!«, donnerte eine männliche Stimme.

Ich drehte mich erschrocken um, es war Direktor Jäger. Mein Herz raste, ich schwitzte und mir wurde übel. Das war echt zu viel Stress!

Der Direktor kam schnell zu uns und sah Tom direkt an. »Auf dein Zimmer!«

Tom war immer noch zum Monster mutiert, aber seine Arme sanken nach unten und er gehorchte. Mit hängendem Kopf ging er davon. Das war ein seltsamer Anblick, denn er passte kaum durch die Tür.

»Für diese Nummer wirst du bezahlen!«, zischte Tim mir zu, dann folgte er seinem Bruder.

Als die beiden weg waren, schrie der Direktor los. »Wer war im Burgverlies?«

Es wurde totenstill. Einer der Drillinge ließ erschrocken ein Messer fallen, das mit einem lauten Klirren auf den Boden fiel. Dann ließen der Zweite und der Dritte nacheinander ihre Messer fallen. Niemand sagte etwas und alle starrten wie gebannt zum Direktor.

»Die Kerkertür war nicht verschlossen!«

Ich betete, dass er mich nicht ansah. Hoffentlich konnte er meinen Herzschlag nicht hören!

Plötzlich drehte er sich um und sah mir direkt in die Augen. »Warst du das?«

Ich konnte seinem Blick nicht standhalten und schaute auf den Boden.

»Herr Direktor«, sagte Tina. »Ich habe vorhin die ganze Zeit mit John für die Mathe-Arbeit nächste Woche geübt.«

Mein Herz schlug immer schneller. Warum log sie für mich?

Er fixierte mich noch etwas, dann wandte er sich ab.

»Gut, aber seid gewarnt. Im Verlies ist es sehr gefährlich!«

Er kratzte sich an seiner Gurkennase, machte auf dem Absatz kehrt und ging.

Ich setzte mich mit klapprigen Beinen an einen Tisch. In meinem Kopf ratterte es. Wo war ich hier nur gelandet? Meine Hände zitterten und ich hatte Ohrenschmerzen. Mein Herzschlag wollte sich auch nicht mehr einkriegen. Ich versuchte, langsam zu atmen und etwas runter zu kommen.

Willy und Tina setzten sich mir gegenüber.

Ich sah Tina an. »Warum hast du das gemacht?«

Sie spielte mit einem Salzstreuer, dann sah sie mich an. »Es war voll nett von dir, dich mit Charleen zu treffen. Ich hatte solchen Schiss vor ihr, ich hatte echt geglaubt, dass sie ein böser Geist ist. Sie ist mir in den Tagen nach ihrem Verschwinden mehrmals erschienen, doch ich bin dann immer weggerannt. Dann kam sie nicht mehr.«

»Und?«, fragte ich. »Glaubst du immer noch, dass sie ein Geist ist, wo ich doch lebendig vom See zurückgekommen bin?«

Tina seufzte. »Nein, aber ich weiß auch nicht, was ich sonst glauben soll.«

»Um sie zu retten, brauchen wir das Tablet.«

»Welches Tablet?«, fragte Tina.

Ich erzählte ihr von Quentin und seinem Digit-All.

»Eine künstliche Intelligenz *und* eine virtuelle Realität?«, staunte sie. »Krass! Kein Wunder, dass sie das vor mir verheimlicht hat. Sie wollte Quentin für sich alleine haben.«

Willy nickte. »Das hat sie geschafft, denn auch von mir wollte er nix mehr wissen.«

»Wir brauchen es zurück, wenn wir Charleen helfen wollen«, sagte ich. »Wir müssen es den Zwillingen wegnehmen.« Ich ballte meine Fäuste. »Notfalls mit Gewalt!«

»Oje«, stöhnte Willy.

»Gewalt wird nicht nötig sein«, sagte Tina. »Tom nervt mich ständig, dass er mich mal treffen will. Den wickel ich um den kleinen Finger.«

»Ach so?« Mein Bauch verkrampfte sich. Irgendwie wollte ich nicht, dass Tina sich mit Tom traf und das lag nicht nur an seiner unheimlichen Verwandlung.

»Also, ich steh nicht auf ihn«, sagte Tina. »Und nach der Nummer eben will ich ihn auch nicht wirklich wiedersehen, aber für Charleen würde ich das machen.«

»Okay, dann lenkst du Tom ab und ich Tim. Dann kann Willy sich in ihr Zimmer schleichen und das Tablet holen.«

Willy wurde blass. »Äh, wie war das mit *ins Zimmer schleichen*? In Tim und Toms Zimmer? In das Zimmer eines Werwolfs? Bei VOLLMOND?«

»Der ist kein Werwolf«, sagte ich. »Der hat bestimmt nur eine Hautkrankheit.« Irgendwie musste ich Willy beruhigen.

»Genau«, sagte Tina und zwinkerte mir zu. Sie hatte mich verstanden. »Vermutlich hat er Neurodermitis.«

»Die hab ich auch«, sagte Willy. »Da bekomme ich juckende Haut, wenn ich gestresst bin. Also eigentlich immer. Aber Tom ist auch noch größer geworden. Das kann unmöglich Neurodermitis sein, Tom ist mit Sicherheit ein Werwolf!«

»Ich kümmere mich schon um Tom«, sagte Tina, »du musst dich nur in ein leeres Zimmer schleichen und ein Tablet klauen.«

»Ich klaue es ja gar nicht«, sagte Willy. »Es ist ja meins. Mehr oder weniger.«

»Dann hätten wir das geklärt«, sagte ich.

»Aber was ist, wenn was schief geht?«, fragte Willy. »Was ist, wenn Tom sich von dir nicht um den kleinen Finger wickeln lässt? Dann bin ich Werwolf-Futter!«

»Lass das mal meine Sorge sein«, sagte Tina. »Ich krieg das hin.«

»Dann ziehen wir das jetzt durch«, sagte ich.

»Jetzt?«, keuchte Willy.

»Charleen verhungert«, sagte ich und stand auf, »wir müssen ihr so schnell wie möglich helfen.«

Wir schlichen uns in den Mehrlinge-Flügel.

»Heilige Scheiße«, fluchte Tina und starrte auf die Bilder an der Wand. »Was sind das denn für Hässlichkeiten?«

»Ich glaube, das sind die Vorfahren vom Direktor«, sagte ich.

Tina starrte ein Bild nach dem anderen an. »Also echt, wenn ich so hässliche Verwandte hätte, würde ich die nicht mal auf dem Klo aufhängen. Schon gar nicht den hier.« Sie zeigte auf das Bild mit dem SS-Mann. »Nazis«, schimpfte sie, »ich hasse diese Kerle.«

»Cool«, lachte ich, »das sagt Indiana Jones immer.«

»Endlich versteht mal einer meine Sprüche«, lachte Tina.

Als ich zwölf wurde, hatte mir mein Vater alle Indiana Jones-Filme gezeigt. Dass einige Teile ab 16 waren, fand er okay. Die FSK-Angabe sei sowieso für Mädchen und für Jungs kann man 4 Jahre abziehen.

»Seid nicht so laut«, zischte Willy. »Ich glaube, hier wohnen die Zwillinge.« Er zeigte auf eine Tür.

»Wie kommst du darauf?«, fragte ich.

»Ich höre Stimmen«, sagte Willy, da öffnete sich die Tür.

»Also keinen Unsinn mehr«, donnerte der Direktor. »Und Tim, hör mit dieser schwarzen Liste auf, das habe ich dir schon unzählige Male gesagt.«

Er hatte uns noch nicht gesehen. Blitzschnell sah ich mich nach einem Versteck um. Der Vorhang! Tina rannte schon hin und ich schob Willy vor mir her.

Wir standen eng aneinander hinter dem schweren Vorhang. Willy stand hinter mir und seine Zähne klapperten mal wieder. Tina stand ganz nah vor mir. Ihre Haare dufteten. Wie Blüten. Ich schloss die Augen und stellte mir vor, wie ich mit ihr auf einer Blumenwiese stand (Gott, war das kitschig, das erzähle ich NIEMALS jemandem), da tippte mir Willy auf die Schulter. Ich öffnete die Augen. Tina war weg, doch ihr schöner Geruch war noch da. Ich lugte hinter dem Vorhang hervor und sah sie vor der Tür stehen. Sie klopfte.

Die Tür wurde aufgerissen. Willy klammerte sich an meinen Arm.

Tim hatte einen Baseball-Schläger in der Hand und schaute Tina grimmig an. »Was willst *du* denn?«

»Ist Tom da?«

Plötzlich packte etwas Tim und zog ihn ins Zimmer. Tom erschien. Er war immer noch riesig und knallrot im Gesicht.

»Hallo Tina«, krächzte er.

Tina spielte mit einer Haarsträhne. Sie schaute verlegen auf den Boden. »Ich wollte mal fragen, wie es dir geht ...«

»Tina ist ja der Wahnsinn«, flüsterte ich.

»Nee«, sagte Willy, »sie ist verrückt.«

»Das ist aber lieb von dir«, sagte Tom. »Sehr lieb.«

»Ach Tom«, schäkerte Tina und wedelte mit ihrer Hand. »Wollen wir einen Spaziergang machen?«

»Hm«, machte Tom. Anscheinend dachte er nach. »Ach egal, ein kurzer Spaziergang ist okay.«

Als Tina und Tom verschwunden waren, ging ich zur Tür und klopfte. Willy wartete hinter dem Vorhang.

Tim riss die Tür auf. »Was ist denn jetzt schon wieder?«

»Ich habe Schreie gehört«, sagte ich und tat so, als wäre ich außer Atem. »Dein Bruder ist durchgedreht! Er hat Tina gepackt und ist mit ihr abgehauen.«

»Was?« Tim wurde blass. »Wohin?«

»Richtung See!«

»So ein Mist«, fluchte Tim. Er kam raus und zog die Tür hinter sich zu. »Immer muss ich auf meinen kleinen Bruder aufpassen«, schimpfte er. »Dabei wurde er nur zwei Minuten nach mir gepflückt.« Er schloss ab und lief los, dann stoppte er und drehte sich um. »Um dich und deinen dicken Kumpel kümmere ich mich nachher auch noch!« Dann rannte er weiter.

Ich sah ihm nach. Vielleicht sollten wir heute Nacht lieber abwechselnd schlafen? Doch was hatte er davor gesagt? Wuchsen in Bayern die Babys am Baum? Ich schüttelte den Kopf. Vermutlich war das so eine Art Slang.

Ich machte mich ans Werk mit meinem Spezialwerkzeug.

Willy kam aus dem Versteck. »Alter, wo hast du das Teil denn her?«

»Gefunden«, lachte ich. Es klackte und ich öffnete die Tür.

»Cool!«

Das Zimmer war dunkel und so wollte ich es auch belassen. Tim sollte doch nicht mitkriegen, dass wir hier herumschnüffelten, da schaltete Willy das Licht an. Für einen kurzen Augenblick wurde ich wütend, dann aber bemerkte ich die schweren, zugezogenen Vorhänge.

»Das ist der Beweis, dass Tom ein Werwolf ist«, sagte Willy. »Die Vorhänge sollen das Mondlicht draußen halten, weil er sich sonst verwandelt.«

»Das ist noch ein Grund mehr, schnell wieder zu verschwinden«, sagte ich. »Wo steckt das Tablet?«

Das Zimmer der Zwillinge war einfach eingerichtet wie jedes andere Internatszimmer. Es gab zwei Betten, einen Kleiderschrank und einen Schreibtisch. Systematisch durchsuchten wir den Raum.

»Kein Tablet«, fluchte ich. »Wo kann es nur sein?«
»Quentin?«, rief Willy. »Wo steckst du?«
»Willy?«, hauchte eine Stimme. »Bist du das?«
Wir folgten der Stimme zum Kleiderschrank, sie kam von darunter. Ich stemmte mich gegen den Schrank, bis ich ihn ein paar Zentimeter angehoben hatte.
»Hol ihn raus«, keuchte ich.
Willy legte sich flach auf den Boden und tastet unter dem Schrank herum.
»Kalt«, sagte Quentin. »Kälter ... nein ... wärmer, uh, heiß, jaaah!«
Als Willy das Tablet in den Händen hielt, ließ ich den Schrank wieder sinken. »Uff«, stöhnte ich.
»Danke«, sagte ein gelber Smiley auf dem Display.

Mein nettes Werkzeug hatte uns Zutritt zur geschlossenen Schulbibliothek verschafft. Jetzt saß ich mit Willy auf einer bequemen Ledercouch und blickte auf den kristallklaren See, auf dem sich der Mond spiegelte. Dieser romantische Anblick erinnerte mich an Charleen, der es so schlecht ging. Ich strich nachdenklich über mein Kinn. Willy strahlte vor Glückseligkeit und je nachdem, wie er sein Tablet hielt, rollte der gelbe Smiley hin und her.
»Ich hab mein Tablet wieder zurück«, seufzte Willy.
»Hast du vergessen, was dieses Tablet mit Charleen gemacht hat?«
Willy stoppte die Schaukelbewegung.
»Was ist los?«, fragte Quentin. »Das war schön, mach bitte weiter!«
»Was hast du mit Charleen gemacht?«, fragte ich.
Quentin blinzelte nervös. »Ich weiß es nicht.«
»Was soll das heißen?«
Ich nahm Willy das Tablet ab und schaute dem Smiley in die Augen. Willy wühlte in seinem Rucksack.

»Ich weiß nicht, was mit Charleen passiert ist«, sagte Quentin. »Ich wollte ihr nicht wehtun.« Tränen kullerten aus seinen Smiley-Augen, was mir schon ein wenig komisch vorkam. Eine heulende Computer-App - das war absurd.

»Jetzt erzähl uns endlich, was du getan hast.«

»Charleen ist das tollste Mädchen der Welt«, säuselte Quentin. »Ich liebe sie über alles! Ich kann nicht erklären, was passiert ist, aber ich vermute, dass ich sie versehentlich digitalisiert habe. Ich wollte sie vor Tim und seinem Baseballschläger retten, aber ich fürchte, ich habe sie nur halb verwandelt.«

»Kannst du sie wieder normal machen?«, fragte ich.

»Kein Problem«, antwortete Quentin. »Ihr müsst nur ein magisches Ritual durchführen, dann wird Charleen ruckzuck wieder normal.«

»Meinst du das Schuhplatteln mit dieser bescheuerten Musik?«, fragte ich.

»Woher wisst ihr davon?«, fragte Quentin.

»Das hast du doch mit den Zwillingen letzte Nacht gemacht«, sagte ich.

»Ihr habt uns beobachtet?«

»Ja«, sagte Willy und biss genüsslich in einen Schokoriegel, der schon auf die Hälfte geschrumpft war.

»Wie peinlich für die Zwillinge«, lachte Quentin. »Dann habt ihr ja gesehen, dass sie versagt haben. Es ist wirklich wichtig, das Ritual *ganz korrekt* durchzuführen. Die Musik erzeugt im Spiegel eine Resonanz, die das Raum-Zeit-Kontinuum zum Schwingen bringt. Die Tanzbewegungen öffnen schließlich ein Portal in eine andere Welt. Das bayerische Schuhplatteln stammt ursprünglich von heidnischen Beschwörungstänzen, ähnlich dem Regentanz der Indianer. Damit hatten die Bayern Monster aus fremden Dimensionen herbeigerufen, um die Römer abzuwehren. Obwohl ... einige sagen, dass alleine schon der Tanz so abschreckend wirkte, dass die Römer Panik bekamen und abhauten. Aber was auch immer Wahrheit oder Legende ist, wir wollen keine Monster herbeirufen oder Römer verjagen, sondern Zugang zum Digit-All erlangen. Um das zu erreichen, muss ich intensiv an meine Welt denken, während die Tänzer den Spiegel zum Vibrieren bringen. Wenn alles klappt, kann Charleens halb digitalisierter Körper das Digit-All durch den Spiegel verlassen und sich mit ihrem Geisterkörper hier verbinden.«

Willy und ich starrten das Tablet an. Ich hätte nicht gedacht, dass es für das seltsame Ritual eine sinnvolle Erklärung geben könnte. Ich hatte gedacht, dass Tom einfach nur blöd ist.

»Leider«, sagte Quentin, »haben sie das Ritual nicht korrekt durchgeführt.«

»Und wie führt man es korrekt durch?«, fragte ich.

»Mindestens *zwei* Personen müssen schuhplatteln. Dazu singen sie ganz laut *Alle meine Entchen*.«

»Tom war aber nur *eine* Person«, sagte Willy und biss erneut von seinem Riegel ab.

»Und er hat nicht gesungen«, sagte ich.

»Und er war nicht nackt«, sagte Quentin. »Das hätte er aber sein müssen.«

Oh Gott!

»Knnnh ...« Willy blieb sein Schokoriegel im Hals stecken. Er wurde zuerst blass, dann knallrot, schließlich hustete er sich die Seele aus dem Leib. Ich klopfte ihm auf den Rücken.

»Es ist der einzige Weg«, sagte Quentin. »Jeder Kontakt zum Digit-All muss so rein wie möglich erfolgen. Kleidung enthält zu viele störende Elemente, die das Portal blockieren. Wenn ihr Charleen retten wollt, dann müsst ihr das Ritual durchführen. Und zwar *korrekt*.«

Aus der Nummer kamen wir wohl nicht mehr raus, daher hieß es jetzt Augen zu und durch. Wir planten unseren FKK-Tanz für Mitternacht, wenn alle schliefen. Wir gingen auf unser Zimmer und wollten uns noch ein paar Stunden ausruhen. An Schlafen war unter diesen Umständen eigentlich nicht zu denken, doch schon nach wenigen Minuten war ich im Land der Träume.

Charleen stand vor mir. Sie trug nur ein Nachthemd. Ihre Nasenspitze berührte meine fast. Knisternde Funken sprangen über.

»John, du bist mein Held, mein Retter.«

Ich wurde rot. »Ach was ...«

»Doch«, säuselte Charleen, »alle rannten vor mir weg, nur du warst so mutig, dich mit einem Geist zu verabreden.«

Sanft berührte sie meine Wange und ihre Lippen kamen meinen immer näher.

»John«, flüsterte sie und schloss ihre Augen. Auch ich schloss meine Augen. Würde sie mich jetzt küssen?

»John. John! JOHN!!!«

Ich öffnete die Augen und sah in das Gesicht eines Werwolfs. Seine Schnauze berührte mich fast.

»JOHN, wach auf!«

Wie eine Rakete rutschte ich nach hinten weg und setzte mich auf. Der Werwolf machte keinen Mucks. Irgendetwas war seltsam an ihm. Und warum wollte er, dass ich wach bin? Konnte er mich nicht einfach im Schlaf fressen? Da nahm er seine Maske ab - es war Willy.

»Na endlich«, lachte Willy. »Hast du schön geträumt?«

Ich räusperte mich und mein Gesicht wurde heiß.

»Kam Charleen drin vor?« Willy grinste so breit, als ob er meine Gedanken lesen könnte.

»Jedenfalls keine Werwölfe«, zischte ich. »Was sollte das?«

Die Turmuhr schlug zwölf Mal.

Willy legte seine Werwolfmaske weg. »Es ist Halloween.«

»Aber man verkleidet sich doch erst abends«, schimpfte ich. »Doch nicht schon am frühen Morgen!«

»Halloween ist Halloween«, lachte Willy. »Wir müssen los.«

Unerfreulich schnell waren wir im Hexenturm angekommen. Wir hatten das Tablet an den Lautsprecher angeschlossen und standen nun vor dem Spiegel. Ich betrachtete mich im Licht von Willys Taschenlampe, die er neben dem Tablet auf den Lautsprecher gelegt hatte. Meine Haare waren hoffnungslos zerzaust und ich sah müde aus. Das war um die Uhrzeit auch kein Wunder. Meine Augen funkelten hellblau, was meine Mutter mit Sicherheit zum Seufzen gebracht hätte. Sie fand meine Augen wunderschön, aber sie war ja auch meine Mutter. Sie sagte, dass die Mädchen sich eines Tages hoffnungslos in meine blauen Augen verlieben würden. Der Tag war bisher leider nicht gekommen und wird es vielleicht auch nie.

Mein Schlafanzug war dunkelblau und hatte lange Ärmel und Beine. Willys Anzug war kurz und voller kleiner Minions. Er war ähnlich peinlich wie seine Pantoffel. Nein, das stimmte nicht. Die waren *unerreichbar* peinlich für einen Zwölfjährigen. Willy nahm seinen Rucksack ab und stellte ihn an die Seite. Vermutlich hatte er einen Tagesvorrat Schokoriegel dabei.

Der gelbe Smiley erschien auf dem Tablet. »Jetzt geht's los, mit ganz großen Schritten!« Quentin kullerte lachend auf dem Display herum.

»Schön, dass du so gute Laune hast«, sagte ich.

»Ich habe immer gute Laune!« Quentin grinste breit. »Dann fangt mal an.«

Willy und ich rührten uns nicht vom Fleck.

»Also«, räusperte sich Quentin, »ihr müsstet euch dann jetzt ... Wie sagen dass eure menschlichen Ärzte immer? ... freimachen?«

»Woher kennst du unsere Ärzte?«, fragte ich.

»Ich hatte bis vor Kurzem noch Internet«, sagte Quentin und sprang wie ein Flummi auf und ab. »Die Zwillinge hatten mir das Passwort fürs WLAN gegeben.«

»Diese Zwillinge sind echt seltsam«, sagte ich. »Wieso kennen die das WLAN-Passwort?«

»Schweinerei!«, schimpfte Willy.

»Leider wurde der WLAN-Router abgeschaltet«, sagte Quentin. »Jetzt habe ich kein Internet mehr und kann meine lustige Arztserie nicht mehr sehen.«

»In Arztserien sterben die Leute immer«, sagte Willy. »Ich finde sowas nicht lustig.«

»Sterben?«, fragte Quentin. »Nein, in meiner Serie verliebt sich eine Krankenschwester in einen fiesen und gemeinen Chirurgen, der am Ende doch nicht so fies und gemein ist.« Quentin seufzte. »Außerdem kann ich sowieso nur Sachen sehen, die ab null sind. Da stirbt niemand.«

»Wieso kannst du nichts anderes sehen?«, fragte ich.

»Als ich das erste Mal ins Internet ging, hab ich GANZ schlimme Sachen gesehen!« Quentin hörte auf zu springen. »Deshalb habe ich die Kindersicherung aktiviert und jetzt sehe ich nur noch lustige Dinge. Ganz toll sind Streichel-Apps.« Ein schwarzes Kätzchen mit weißen Flecken auf dem Rücken erschien auf dem Bildschirm. Es räkelte sich und schnurrte dabei. »Das ist sooo süß!«, schwärmte Quentin. »Leider habe ich keine Hände, um es zu streicheln, daher wird es mit der Zeit wütend.« Das Kätzchen verschwand und Quentin sah uns erwartungsvoll an.

In Zeitlupe zog ich mir das Oberteil meines Schlafanzuges aus. Willy beobachtete mich, dann machte er es mir nach.

Quentin seufzte, als wir uns danach nicht rührten. »Weiter, bitte!«

Noch langsamer als zuvor zog ich meine lange Schlafanzughose aus und stand nun in schwarzen Boxershorts da. Auch Willy stand kurze Zeit später in einer gepunkteten Unterhose vor dem Spiegel. Wieder rührten wir uns sekundenlang nicht.

Quentin seufzte erneut. »Leute!«

Blitzschnell zog ich meine Shorts aus, wirbelte sie herum und warf sie dann mit einem breiten Grinsen davon.

»Also wirklich!«, schimpfte Quentin.

Willy starrte auf meine Unterhose, die ich unter den Shorts drunter gehabt hatte.

»Weiter ziehe ich mich nicht aus«, sagte ich.

»Dann funktioniert das Ritual aber vielleicht nicht«, sagte Quentin.

»Dann überlegen wir uns was anderes«, sagte ich.

Quentin seufzte. »Okay, probieren wir es so.«

Willy sah ihn mit großen Augen an. »Funktioniert es trotzdem?«

»Tom hat es in Lederhosen versucht und es hat nicht geklappt«, sagte Quentin. »Aber er hat ja noch viel mehr falsch gemacht. Vielleicht klappt es in euren Baumwollunterhosen, wenn ihr alles andere richtig macht und sie sauber sind.«

»Natürlich sind sie sauber!«, schimpfte ich. »Jedenfalls meine.«

»Meine auch!«, rief Willy.

»Nehmt eure Positionen ein, es geht los!«

Ich stellte mich neben Willy vor den Spiegel.

»Musik!«, rief Quentin. *Alle meine Entchen* erklang.

»Können wir nicht andere Musik hören? Vielleicht: Zieht den Bayern die Lederhosen aus?«

Quentin wurde rot.

»Ist irgendwas?«, fragte ich. »Du bist auf einmal rot.«

»Nö«, sagte Quentin, »alles prima. Ich kann auch blau werden, siehst du?«

»Nein«, sagte ich, »du bist immer noch rot.«

»Ach so?«

»Können wir denn das Lied mit den Lederhosen singen?«

»Niemals!«, schimpfte Willy. »Ich bin aus Bayern!«

»Sorry, ich dachte, du kommst aus der Schweiz.«

»Wir sind da letztes Jahr hingezogen, weil mein Vater dort arbeitet.«

»Nicht quatschen«, befahl Quentin, »singen!«

Widerwillig fing ich an. »Alle meine Entchen ...«

Ich bekam eine Gänsehaut, aber als Willy einstimmte, bekam ich glatt noch 'ne zweite drüber.

»Schuhplatteln!«, befahl Quentin.

Ich klatschte mit den Händen wild auf meine Oberschenkel.

»Falsch! Rechte Hand auf den linken Unterschenkel, dann die linke Hand auf den rechten Unterschenkel!«

Er gab noch weitere, sehr komplizierte Anweisungen. Ich gab mein Bestes und beobachtete mich dabei im Spiegel. Neben mir hüpfte Willy herum. Als *schuhplatteln* würde ich sein Gezappel nicht bezeichnen, aber er gab sich alle Mühe. Ich war aber auch nicht viel besser.

Nach einigen Minuten gaben wir erschöpft auf.

»Hammer!«, sagte eine männliche Stimme.

Es war Tom. Neben ihm stand Tina mit zerzausten Haaren und verrutschter Brille. Ihr Shirt war am Hals eingerissen.

»Ach du großer Gott!«, sagte Willy.

Tom hielt ein Handy in seiner Hand, an dem ein rotes Licht leuchtete. Er filmte uns!

»Das muss ich Tim zeigen«, lachte Tom und rannte zum Ausgang.

Tina warf uns einen verlegenen Blick zu, dann lief sie Tom hinterher.

Ich starrte schockiert zum Ausgang, durch den Tom mit dem peinlichsten Video meines Lebens verschwunden war.

»Wieso hat der ein Handy?«, stammelte ich. »Muss man die hier nicht am Eingang abgeben oder so?«

»Nein«, sagte Willy. »Jeder hat ein Handy, aber fast alle lassen es im Zimmer liegen. Alle, außer dieser Weichbirne Tom. Ohne Internet funktioniert ja nix.«

»Bis auf die Kamera!«, stöhnte ich. Meine Beine zitterten.

»Wir haben doch Glück im Unglück«, sagte Willy.

»Wie meinst du das?«

»Stell dir mal vor, wir wären nackt gewesen.«

Oh Gott! Ich atmete immer schneller. Mein Leben war zerstört!

Willy kramte in seinem Rucksack, dann bot er mir einen Schokoriegel an. »Du siehst aus, als könntest du ihn brauchen.«

Ich nahm ihn, wickelte ihn aus der Folie und biss hinein. Der Geschmack war unbeschreiblich gut. Wir setzten uns auf den Boden und futterten einen Riegel nach dem anderen. Nach unzähligen Riegeln (der Verpackungsmüll stapelte sich schon neben uns) rülpste ich zufrieden. Langsam verstand ich, warum Willy so gerne Schokolade aß. Wenn sie doch nicht so dick machen würde!

»Tina ist echt verrückt«, sagte Willy.

»Wieso?«

»Warum macht sie mit dem Idioten rum? Hat sie zu viele Bücher gelesen, wo sich ein Mädchen in einen Vampir, Werwolf oder Zombie verliebt?«

»Ich glaube, in Zombies verliebt sich niemand«, sagte ich. »Die wollen dein Hirn fressen!«

»Trotzdem ... Tina ist verrückt.«

»Tina hat Tom doch nur abgelenkt, damit wir das Tablet klauen können.«

»Das ist Stunden her, ich glaube, sie hat sich in Tom verknallt.«

»Vielleicht war sie gar nicht freiwillig hier«, vermutete ich. »Ihr T-Shirt war zerrissen. Ob er ihr wehgetan hat? Sollten wir den Beiden nicht folgen?«

»Tina kann auf sich selbst aufpassen«, sagte Willy. »Ich habe mal erlebt, wie ihr ein Junge an den Po gegriffen hat.«

»Echt?«

»Ja, da hat sie sich in eine Ninja-Kriegerin verwandelt. Ihre Fäuste und Beine sausten nur so herum. Der Typ war danach platt!«

»Cool!«

»Nein, verrückt.«

»Aber ob sie mit Tom fertig wird?«

»Tom ist stark, aber total bescheuert. Der hat gar nicht gerafft, dass wir das Tablet geklaut haben, so blöd muss man mal sein.«

Da war was dran. Ich sprang voll motiviert auf.

»Komm«, sagte ich, »wir probieren das Ritual nochmal. Vielleicht klappt es jetzt.«

»Echt?« Willy stand ganz langsam auf.

»Übung macht den Meister und diesmal ziehen wir uns ganz aus.«

Willy sah mich an, als hätte ich den Verstand verloren. Vielleicht hatte ich das ja auch. Kaum Schlaf und jetzt auch noch eine Überdosis Zucker - ich drehte am Rad. Es war kein Wunder, dass ich jetzt alles auf eine Karte setzen wollte.

»Das ist nicht notwendig«, sagte Quentin. Er hüpfte grinsend auf und ab.

»Wieso?«, fragte ich.

»Das Ritual war ein Test. Ich wollte nur sehen, wie weit ihr für die Rettung eurer Freundin gehen würdet.«

»Ein Test?«

Ich spürte saure WUT in mir aufsteigen. Oder waren es die Schokoriegel, die ich zu schnell gegessen hatte?

»Dann war *alles* gelogen? Die Musik, die das Raum-Zeit-Kontinuum zum Schwingen bringt? Und das FKK-Gehopse?«

Quentin nickte.

»Wie kommst du auf so einen Blödsinn?«, schimpfte ich.

Quentin wurde rot. »Tim und Tom tragen doch Lederhosen und da gibt es dieses Lied ...«

»Zieht den Bayern die Lederhosen aus?«

Quentin nickte. »Das hat mich auf die Idee gebracht ...«

Ich musste grinsen, doch dann erinnerte ich mich wieder an das Video und mein Bauch verkrampfte.

Quentin sah traurig nach unten. »Es tut mir so unendlich leid, was mit Charleen geschehen ist. Ich möchte euch gerne helfen, sie zu retten, aber ich musste erst herausfinden, ob ihr gute Menschen seid.«

»Du hast nur herausgefunden, dass wir blöde Menschen sind«, sagte ich.

Quentin schüttelte den Kopf. »Nein, das finde ich nicht. Ich werde euch helfen, Charleen zu retten, doch leider weiß ich nicht wie.«

»Du hast doch gesagt, das geht *ruckzuck*!«, sagte ich.

»Das war auch gelogen.«

Willy lief hin und her. »Warum kannst du Charleen denn nicht zurückverwandeln? Du hast sie doch auch fast digitalisiert.«

»Ich glaube, ich kann Dinge *nur* digitalisieren«, sagte Quentin.

Ich fuhr mir durch die schweißnassen Haare. »Irgendwas müssen wir doch tun!«

»Beende, was angefangen du hast«, sagte Willy.

»Bist du jetzt Yoda?«, fragte ich. »Und was meinst du? Soll er Charleen komplett digitalisieren?«

Willy nickte.

Quentins Augen wurden groß. »Warum bin ich nicht selbst darauf gekommen?«

»Worauf?«, fragte ich.

»Ich wurde bei Charleens Digitalisierung unterbrochen«, erklärte Quentin. »Vielleicht muss ich den Vorgang erst abschließen und wenn sie dann digital ist, kann ich sie vielleicht auch wieder zurückverwandeln.«

Die geheime Macht

Mit einem Gefühl der Hoffnung gingen wir in den Keller zum Burgverlies, doch die Türklinke war samt Schließzylinder verschwunden. Stattdessen gab es an der Tür ein Tastenfeld, darüber stand *PIN-Eingabe*.

»Mist!«, schimpfte ich. »Der Direktor hat das Schloss ausgetauscht.«

Ich versuchte, die Tür durch einen bösen Blick oder einen halbherzigen Tritt zu öffnen, aber es war sinnlos. Ich wusste ja, wie schwer und massiv sie war.

»Es ist vielleicht besser so«, sagte Quentin. »Ich weiß ja gar nicht, ob ich die Digitalisierung rückgängig machen kann.«

»Aber wir haben doch keine andere Wahl«, sagte Willy. »Wir müssen sie digitalisieren oder sie stirbt.«

»Es gibt noch ein anderes Problem«, sagte Quentin. »Ihr müsst für alle Zeiten sicherstellen, dass mein Akku geladen bleibt. Wenn der Akku einmal bei 0 Prozent ist, ist alles vorbei.«

»Kapier ich nicht«, sagte Willy. »Wenn mein Handy leer ist und sich ausschaltet, lade ich es auf und alle Apps sind noch da.«

Quentin wurde rot.

»Was ist denn?«, fragte ich.

»Also, die Sache mit dem Digit-All ...«

»Ja?«

»Ich hatte dafür zuerst nicht genug Speicherplatz ...«

»Ich weiß«, sagte Willy, »doch dann hat es auf einmal geklappt.«

»Jaaa, also, ich hab da ein wenig getrickst. Ich hab in Wahrheit ein *echtes* Universum erschaffen.«

»Was? Wie denn?«, fragte ich.

»Mein Quantenprozessor kann einige verrückte Dinge, zum Beispiel habe ich in dieser Burg eine Veränderung des Planckschen Wirkungsquantums gespürt. Das ist eigentlich unmöglich.«

»Was für ein Quantum?«, fragte ich.

»Also, das ist eine Zahl, die im ganzen Universum gleich ist. Wenn sie sich verändert, dann stimmt was mit dem Universum nicht.«

Ich runzelte die Stirn.

»Okay, ich sage es mal in euren Worten«, sagte Quentin. »Ich habe eine Erschütterung der Macht gespürt.«

»Na und?«, fragte ich ungeduldig.

»Das werdet ihr mir vermutlich nicht glauben, aber nachdem ich diese Erschütterung gespürt habe, erschien mir ein Popup.«

»Ein Popup?«, fragte ich.

»Ja, wie diese nervigen Werbefenster im Internet. Auf dem Popup stand: Wie lautet dein Wunsch?«

»Krass!«, sagte ich.

»Da mich Charleen auf diese Idee mit einem Universum gebracht hatte, habe ich mir eins gewünscht. Ich hab meinen Wunsch eingetippt und abgeschickt.«

»Mein Vater sagt mir immer, ich soll auf keine merkwürdigen Popups klicken«, sagte ich. »Das können Viren, Trojaner oder Würmer sein.«

»Was auch immer das war, es hat funktioniert«, sagte Quentin. »Ich bekam Zugang zu einem kleinen Universum, das über ein Portal mit unserem verbunden ist. Das Portal ist aber nur aktiv, solange mein Akku geladen ist. Wenn mein Akku leer ist, verliere ich die Kontrolle über das Digit-All.«

»Wir würden Charleen niemals wiedersehen?«, fragte ich.

»Ja«, sagte Quentin, »aber Charleen würde es gut gehen. Euch leider nicht.«

»Wie meinst du das?«

»Wenn ich die Kontrolle über das Digit-All verliere, dehnt es sich aus«, erklärte Quentin. »Dabei nutzt es die Energie eures Universums und wird es dadurch vernichten und ersetzen. Euer Universum ist dann wie eine Festplatte, die formatiert und neu beschrieben wird.«

»Was?«, schrie ich.

»Physiker nennen das einen *Phasenübergang*, zum Beispiel, wenn Wasser durch große Kälte blitzschnell gefriert. So etwas Ähnliches geschieht dann mit eurem Universum. Leider seid ihr die Fische.«

»Das ist alles meine Schuld!« Willy schluchzte laut, dann rannte er mit Quentin davon.

»Willy!«, rief ich ihm noch nach, doch er hörte mich nicht mehr. Und er nahm Quentin mit. Vielleicht hätte unsere künstliche Intelligenz ja eine coole Idee zum Knacken des Schlosses gehabt?

Als ich in unser Zimmer kam, war Willy nicht da. Wo steckte er nur? Ich legte mich kurz ins Bett, um mich etwas auszuruhen.

Meine Decke rutschte weg und ich schreckte hoch. Verdammt, ich war eingeschlafen! Ich hatte doch keine Zeit für sowas. Wie spät war es? Ich zog an meiner Decke, um sie auf das Bett zu legen, da wurde sie mit Gewalt fortgerissen. Ich bekam eine Gänsehaut. War ein Geist in meinem Zimmer, der mir die Decke wegzog? Ich lauschte in die Dunkelheit, doch bis auf mein klopfendes Herz hörte ich nichts. Und warum war das Licht aus? Da spürte ich etwas, das ich lieber nicht gespürt hätte. Nicht eine, nicht zwei oder drei, nein, gleich SECHS Hände griffen nach mir und zerrten mich aus dem Bett. Sie stülpten etwas über meinen Kopf, es roch muffig und fühlte sich wie Leinen an. Ein Sack? Er wurde brutal an meinem Hals festgeschnürt. Ich bekam kaum Luft, strampelte mit Armen und Beinen, doch es half nichts.

Mehrere Leute schleiften mich aus dem Zimmer. Ich spürte den Flurteppich an meinen nackten Beinen, dann wurde es kalt. Es hallte wie im Treppenhaus, da zerrten sie mich auch schon über die Stufen. Eine Tür wurde geöffnet und es wurde noch kälter. Sie schleiften mich über den gepflasterten Burghof, dann über einen Pfad bergab. Zur Jagdhütte? Plötzlich hörte ich Stimmen.

»Mutter, Mutter, Mutter!«

Ein Singsang. Der Sack wurde weggenommen. Ich war am Ufer des Sees. Der Mond schien. Niemand sonst war da. Ein Plätschern. Was war das? Die Wasseroberfläche war unruhig. Da schossen auf einmal zahllose Tentakel aus dem Wasser und griffen nach mir! Ein unglaubliches Monstrum hob sich in die Luft. Es war grün und schwabbelig wie Wackelpudding und es hatte ein riesiges, rundes Maul mit unzähligen Zähnen. Plötzlich ein starker Schmerz.

»Ah!«, schrie ich. Mein Herz raste. Ich spürte das schweißnasse Bett unter mir. Durch das vergitterte Fenster sah ich den Nachthimmel. Ich war in meinem Zimmer, es war wieder nur ein Albtraum!

Willys Bett sah unberührt aus. Wo steckte er nur?

Ich stand schwankend auf und mein Kopf belohnte die plötzliche Bewegung mit einem pulsierenden, dumpfen Hämmern gegen meine Schädeldecke. Als wäre das nicht genug, schmerzte auch jeder Muskel in meinem Körper. Auch mein Magen fühlte sich an, als ob eine Armee wilder Bergtrolle darin herumtobte. Blöde Schokoriegel! Der Tag begann SCHEISSE!

Ich ging direkt zum Speisesaal. Hoffentlich war dort Willy! Vor der Eingangstür blieb ich kurz stehen. Hatte Tom das Video von gestern schon jemandem gezeigt?

Mit einem mulmigen Gefühl betrat ich den Saal. An der Essensausgabe stand die Frau vom Küchenpersonal, sonst war niemand da. Auch kein Willy.

Ich hatte absolut keinen Hunger und holte mir nur ein Glas Wasser. Ich setzte mich an einen leeren Tisch, sah aus dem Fenster und fühlte mich elend. Ich erwartete jede Sekunde, dass ein Monster aus dem See auftauchen, den Burgwall hochklettern, über die Terrasse kriechen, die

Glasscheibe zerschmettern und mich auffressen würde. Doch das geschah nicht, stattdessen ging langsam die Sonne auf.

»John!«, rief Tina. Sie setzte sich mir gegenüber. »Hast du das Tablet?«

»Willy hat es.«

»Wo ist er? Ich habe ihn schon überall gesucht.«

»Keine Ahnung, ich suche ihn auch.«

»Was habt ihr gestern Nacht getrieben?«, fragte sie. »Warum hattet ihr keine Klamotten an?«

Mir wurde heiß. Wie sollte ich die schwachsinnige Nummer von gestern nur erklären?

»Diese App, also Quentin, hat gesagt, dass wir Charleen mit einem Ritualtanz retten können.«

Tina legte die Stirn in Falten. Ihr Blick durchbohrte mich förmlich.

»Also, wir mussten uns dafür … also ... ausziehen, wegen der Reinheit. Quentin wollte uns testen. Jetzt will er uns helfen.« Ich wischte mir den Schweiß von der Stirn.

»Ich fasse mal zusammen«, sagte Tina. »Eine App auf einem Tablet sagt euch, dass ihr euch für ein *Ritual* ausziehen sollt, korrekt?«

»Wenn du es sagst, hört es sich nicht so toll an ...«

»Woher willst du wissen, ob diese App nicht irgendjemand übers Internet steuert, um euch nackt zu sehen?«

»Ach Quatsch! Außerdem hat Quentin gar kein Internet.«

»Sagt wer?«

Mir wurde schlecht. Ich nahm einen Schluck von meinem Wasser.

»Was machst du hier?«, brüllte jemand.

Es war Tim, der plötzlich neben unserem Tisch stand. Ich stieß erschrocken mein Glas um und das Wasser verteilte sich. Tina legte schnell ein paar Servietten auf den entstandenen See.

»Was ich hier mache?«, fragte ich. »Auf den Sonnenaufgang warten, was denn sonst?«

»Werd nicht frech!«, brüllte er. »Du hast mir was aus meinem Zimmer geklaut. Gib es mir zurück oder ich zeige allen das Video von letzter Nacht!«

Mein Bauch verkrampfte sich. Ich konnte ihm unmöglich das Tablet geben, es war die einzige Chance, die Charleen hatte. Außerdem hatte es gerade Willy und der war sonst wo.

»Ich weiß nicht, wovon du sprichst«, sagte ich.

Tina sah Tim an. »*Ich* würde das Video gerne sehen.«

Warum sagte sie sowas? Mittlerweile waren fast alle Schüler im Speisesaal eingetroffen, doch niemand aß etwas. Alle standen um unseren Tisch herum und gafften.

Tim durchbohrte Tina mit seinem Blick. »*Du* hast Toms Handy!«

»Ich? Toms Handy?« Tina spielte die Unschuld vom Lande. »Frag doch deinen Bruder, wo er sein Zeug herumliegen lässt.«

»Ich habe ihn vorhin überall gesucht. Rate mal, wo ich ihn gefunden habe?«

Tina zuckte gelangweilt mit den Schultern.

»In deinem Zimmer! Und was hat er da getan? Er hat geschlafen - in deinem Bett!«

»Upsi!« Tina wurde rot. »Na sowas aber.«

Mir war ja schon schlecht, aber jetzt wurde mir so richtig übel.

»Er war völlig fertig und kaum ansprechbar. Was hast du letzte Nacht mit ihm getrieben?«

Tina schluckte, sagte aber nichts. Mein Bauch verkrampfte sich immer mehr.

»Bevor er wieder einschlief, hat er mir noch von Johns peinlicher Nummer erzählt.«

Mein Bauch war schon so dicht verknotet, dass er eine eigene Schwerkraft entwickelte.

»Tom hat John gefilmt, doch sein Handy ist weg. Es ist auch nirgends in deinem Zimmer. Wo könnte es wohl sein?«

»Du hast mein Zimmer durchwühlt?«, schimpfte Tina. »Hast du sie noch alle?«

»Gib mir Toms Handy, oder du wirst mich noch kennenlernen.« Er stieß brutal einen Stuhl zur Seite, dann baute er sich vor Tina auf.

»Geht's noch?« Ich ging um den Tisch herum und drängte mich zwischen ihn und Tina.

»Schon gut«, sagte Tina. »Hier ist es.« Sie reichte Tim ein Handy.

Tim nahm es und wischte einige Zeit auf dem Display herum. »Das ist es!« Er grinste breit, dann wandte er sich an die Schüler. »Ich habe hier ein Video von John und seinem fetten Busenfreund Willy.«

Mein Bauch verwandelte sich langsam in ein Schwarzes Loch und zog schon die ersten Staubkörner der Umgebung an.

»Ich habe nur versucht, Charleens Leben zu retten«, sagte ich mit klopfendem Herzen. Ich sah meine Mitschüler an, doch die meisten wichen meinem Blick aus. Max, der Junge, der sich in Glaubenskunde fast mit Tim angelegt hätte, machte einen Schritt auf mich zu, doch sein Freund hielt ihn wieder einmal zurück. Max blieb stehen und warf mir einen entschuldigenden Blick zu. Er hatte zu viel Schiss vor Tim und seiner schwarzen Liste. Vielleicht wagte es deshalb auch niemand, ins Dorf zu flüchten?

»Jetzt passt auf!«, sagte Tim und tippte auf das Handy.

»Miau!«, machte das Gerät. Tim starrte fassungslos darauf. Er tippte erneut auf das Display.

»Miau!«, machte das Handy, danach folgte ein lautes Schnurren.

»Was soll das?«, schrie Tim. »Das ist doch das Video, wieso kommt dieses Mistvieh?«

»Das ist doch kein Mistvieh«, schimpfte Tina. »Das ist ein kleines, süßes Kätzchen, das sich nach Liebe sehnt.«

Tim tippte mehrmals auf das Display. Aus dem Handy kam ein wildes Fauchen.

»Du musst es streicheln«, lachte Tina. »Sonst wird es böse.«

»Das werdet ihr bereuen«, zischte Tim.

Er warf mir noch einen bösen Blick zu, dann verließ er den Saal, dabei rempelte er Willy an, der mit offenem Mund in der Tür stand.

Die Schüler verloren das Interesse und gingen zur Essensausgabe. Ich setzte mich wieder hin und bemühte mich, langsam zu atmen. Willy stellte seinen Rucksack mit zitternden Händen ab und setzte sich zu uns.

»Wo warst du denn?«, schimpfte ich. »Hast du dir wieder neue Schokoriegel gekauft? Ich hätte deine Hilfe gebrauchen können!«

»Sorry«, sagte Willy kleinlaut. »Was ist passiert?«

»Tim wollte mich mit dem Video erpressen«, sagte ich.

»Aber ich hab es gegen eine Streichel-App getauscht«, lachte Tina.

»Dem hast du es gezeigt«, sagte Willy. »Aber woher hast du die Streichel-App, wir haben doch kein Internet?«

»Ich hab auf meinem Notebook in meinem Zimmer eine Entwicklungsumgebung, da sind auch ein paar Beispiel-Apps bei. Ich hab eine Streichel-App auf Toms Handy installiert und mit einem Vorschaubild des Videos verknüpft. Tim dachte, er startet das Video.«

»Wie cool!«, sagte ich. »Aber was ist mit dem echten Video?«

»Das habe ich gelöscht, aber es war sowieso nur dunkel. Außerdem hatte Tom fast die ganze Zeit seinen Finger vor der Kamera.«

Das Schwarze Loch in meinem Bauch löste sich in Luft auf.

»Charleen!«, schrien mehrere Schüler auf einmal und rannten panisch durcheinander.

Charleens Geist stand in der Tür!

Das Schwarze Loch war wieder da und es war schwerer als zuvor. Charleen bestand nur noch aus Haut und Knochen! War es schon zu spät, sie zu retten?

Ich ging zu ihr. »Hallo«, sagte ich mit brüchiger Stimme. Ich konnte nicht verhindern, dass mir eine Träne über die Wange lief.

»Ich möchte Lebewohl sagen«, sagte Charleen. »Ich habe keine Kraft mehr ...« Sie taumelte, dann stürzte sie. Ich wollte sie auffangen, doch ihr Körper glitt einfach durch meine Arme hindurch.

Ich warf Willy einen verzweifelten Blick zu. »Das Tablet!«, schrie ich.

Willy zerrte es mit zitternden Händen aus seinem Rucksack. Gott sei Dank hatte er es dabei! Ich nahm es und kniete mich neben Charleen. Ich legte das Tablet so hin, dass es sie berührte.

»Charleen«, sagte ich, »Quentin kann dich komplett digitalisieren. Das ist deine einzige Chance.«

Charleen blinzelte. Verstand sie mich noch?

»Alles wird gut«, schniefte Willy. Sein Gesicht war tränennass.

»Es tut mir so leid«, schluchzte Tina. »Ich hätte dir glauben sollen.«

Langsam wurde Charleen durchsichtig.

»Quentin!«, schrie ich. »Tu doch was!«

Auf dem Tablet erschien der gelbe Smiley.

»Jetzt!«, rief er.

Charleens Körper glühte auf. Ich schloss meine Augen, aber ich sah sie immer noch. Sie war wie ein Lichtwesen, das von innen leuchtete. Wie ein Engel. Dann war sie weg.

»Quentin?«, fragte ich, doch das Tablet war schwarz. Eine Lampe am Rand blinkte.

»Der Akku!«, keuchte Willy. »Wir müssen das Tablet aufladen!«

»Wo warst du denn gestern?«, schrie ich. »Warum hast du es nicht aufgeladen? Du weißt doch, was passiert, wenn der Akku leer ist!«

»Tut mir leid«, stammelte Willy verdattert.

Charleens einzige Überlebenschance war ein Computertablet - und der Akku war fast leer!

Wir rannten die Treppe zu unserem Zimmer hoch und die Bilder der Ritter schienen uns zuzurufen: »Gebt auf, ihr werdet sowieso alle bald sterben!«

Mit zitternden Händen schloss ich unsere Zimmertür auf und wir stürmten hinein. Willy suchte ein Ladegerät, ich eine Steckdose. Ich fand sie neben meinem Bett. Ich zog das Kabel meiner Lampe raus und steckte dann das Ladegerät, das mir Willy reichte, in die Dose. Warum dauerte das alles nur so lange? Und das Ladekabel schien auch nicht ins Tablet zu passen! Es brauchte mehrere Anläufe, aber schließlich klappte es. Jetzt saßen Willy und ich auf dem Boden vor der Steckdose und starrten auf die Anzeige auf dem Bildschirm: »1 %«.

Mir drehte sich alles.

»Zwei Prozent!«, schrie Willy.

Gab es noch Hoffnung? Würde das Tablet funktionieren, wenn wir es einschalteten? Lebte Charleen noch?

Ein lauter Gong schreckte uns auf. Die Turmuhr schlug acht Uhr!

»Geschichte«, stöhnte Willy. »Wir haben Geschichte!«

Wir wären fast zu spät gekommen, aber noch vor dem achten Schlag der Turmuhr saßen wir auf unseren Plätzen. Alle waren da, nur Tom fehlte. Vorne saß Direktor Jäger und studierte grimmig das Klassenbuch.

»Wie geht's Charleen?«, flüsterte Tina.

»Das Tablet lädt auf«, sagte ich. Tina sah aus, als würde sie gleich losheulen. »Ich denke, alles wird gut. Ich glaube, ich habe gesehen, wie ihr Geist ins Tablet gehuscht ist.«

»Wirklich? Du glaubst, es geht ihr gut?«

»Ja, absolut«, log ich.

»Okay«, sagte Tina.

Sie hatte es mir abgekauft und das war gut so. Es genügte, dass ich mir Sorgen machte.

Direktor Jäger stand auf. »Gestern stand die Tür zum Burgverlies offen.«

Ich erstarrte.

»Ich möchte euch noch einmal eindringlich davor warnen, das Burgverlies zu betreten. Es gibt dort keine Beleuchtung und es ist rutschig und gefährlich. Ich verstehe, wenn ihr euch für eine Schatzsuche begeistert. Seit tausend Jahren kommen Glücksritter aus der ganzen Welt hierher, um nach der legendären *geheimen Macht* zu suchen.«

Moment mal, hatte Charleen nicht was von einer Macht in der Grotte gesagt? Ich meldete mich.

»Was denn für eine Macht? Vielleicht das Rollsiegel?«

»Ja«, sagte der Direktor, »die Magie des Rollsiegels ist so mächtig, dass sie die Mauern dieser Burg durchdringt. Sie wirkt also auch hier, doch je näher man dem Siegel in den Grotten kommt, desto stärker wird sie.«

Da machte es Klick in meinem Kopf. So richtig SUPERKLICK mit Einrasten. Charleen hatte das Siegel im Verlies gespürt und seine Macht hatte sie am Leben erhalten! Vielleicht war diese Macht auch das, was Quentin seinen Wunsch erfüllt hat? Wenn das Teil so mächtig war, dann konnte es Charleen auch aus dem Tablet herausholen. Ich musste das magische Rollsiegel finden!

»Warum hat man es noch nicht gefunden, wenn so viele danach gesucht haben?«, fragte ich.

»Schon die erste Entdeckung des Siegels grenzte an ein Wunder. Mein Vorfahre Erich Jäger zog anno 1096 nach Jerusalem und es dauerte drei lange Jahre, bis er es in Jerusalem endlich fand. Erich brachte es hierher und dann ...« Er seufzte. »Er versteckte das Siegel in den Grotten und seitdem ist es verschollen. Der Grund ist, dass es sich nur offenbart, wenn man *wahre Liebe* empfindet.«

»Echt jetzt?«, rief Tina.

»Das sagt die Legende. Schatzsucher sind nicht sehr romantisch. Sie können mit *Liebe* nichts anfangen. Wenn sich doch jemand, der Liebe empfindet, auf die Suche nach dem Siegel machen würde ...«

Unerträglich viele Stunden vergingen, bis wir endlich Schulschluss hatten. Willy und ich rannten zu unserem Zimmer, setzten uns vor die Steckdose mit dem Tablet und prüften den Ladezustand. Dreizehn Prozent.

»Das ist ja nicht sehr viel«, schimpfte ich.

»Wir sollten es einschalten«, sagte Willy.

»Okay.« Ich drückte den seitlichen Schalter und wartete.

Nach mehreren Sekunden blitzte der Bildschirm auf und ein Punkt erschien. Er explodierte und flog auseinander. Auf dem Display erschien eine bunte Gaswolke. Sterne leuchteten in ihr hell auf wie bei einem Silvesterfeuerwerk. Einem Stern näherten wir uns. Er hatte einen gigantischen Gasplaneten, der genauso groß wie seine Sonne war. Wir rasten auf einen seiner Monde zu, der fast wie die Erde aussah. Wir näherten uns einem See in einem grünen Tal, das von hohen Bergen umgeben war. Plötzlich tauchte vor uns ein riesiger Smiley auf. Es war Quentin. Willy und ich erschraken uns so heftig, dass wir zurückzuckten.

»Hallöchen«, sagte Quentin mit einem Grinsen. »Entspannt euch, alles ist gut.«

»Wie geht es Charleen?«, fragte ich.

»Also ich sage es mal wie in den Arztserien, die ich so mag. Es geht ihr *den Umständen entsprechend.*«

»Und was heißt das genau?«

»Sie hat gegessen und getrunken und jetzt schläft sie.«

»Können wir sie sehen?«

»Besser nicht.«

»Warum denn nicht?«

»Also ... diese Digitalisierungssache ...«

»Fehlt ihr was?« Mein Herz raste. Hatte Quentin vielleicht nicht alle Teile von ihr übertragen können?

»Äh, also ... irgendwie ja, aber ich glaube, das kriege ich wieder hin. Das hat mit dieser Reinheitsgeschichte zu tun. Die fehlenden Teile sind in einem Zwischenspeicher und bleiben dort, bis Charleen irgendwann wieder in unsere Welt kommt. Bis dahin muss ich Ersatzteile auftreiben. Wenn ich doch Internet hätte ...«

Was hatte Quentin vor? Wollte er menschliche Körperteile bei Amazon bestellen? Ich nahm das Tablet hoch und schaute ihn fordernd an.

»Was hast du mit Charleen gemacht?«

»Nichts«, stammelte Quentin. Er bekam rote Wangen. »Ehrlich!«

»Dann zeig sie uns!«, schrie ich.

Quentin schrumpfte auf die Größe eines Eurostücks. Der Bildschirm zeigte das Tal mit dem See. Am Ufer standen Apfelbäume und unter einem erkannte ich zwei nackte Beine. Wir kamen näher, da verstand ich, was Quentin meinte.

»Ich weiß jetzt, was ihr fehlt!«, sagte Willy.

»Ja, Klamotten!« Ich hielt schnell die Hand vor das Tablet.

Wir schlossen unser Zimmer sorgfältig ab, dann gingen wir in den Speisesaal. Wir nahmen uns ein paar belegte Brote und setzten uns an einen Tisch, da saß auch schon Tina neben uns.

»Wie geht es Charleen?«, fragte sie.

Wir berichteten ihr von unseren Erkenntnissen und dass Charleen jetzt schlief. Mit einem ausgedehnten »Puh« wich die Anspannung von ihr. »Da bin ich aber erleichtert.«

»Jetzt muss sie nur noch ein wenig shoppen gehen«, kicherte Willy.

Tina zog eine Augenbraue hoch. »Häh?«

»Ist doch egal«, sagte ich und bekam heiße Wangen.

»Quentin hat ihre Klamotten vergessen!« Willy kringelte sich vor Lachen.

»Sie ist nackt?« Tinas Augen verengten sich. »Und ihr schaut sie euch an, während sie schläft?«

Willys Kichern verwandelte sich in ein Krächzen. »Nein!«

Tina mustert ihn mit finsterem Blick. »Na schön«, sagte sie, »ich glaube euch.«

Als wir unsere Brote aufgegessen hatten, erzählte ich den beiden von meinem Plan, das Rollsiegel zu suchen.

»Charleen hat das Rollsiegel gespürt und wurde von ihm am Leben gehalten«, sagte ich. »Ich glaube, es kann sie wieder aus dem Tablet herausholen.«

»Okay«, sagte Willy, »aber wie kommen wir durch die Kerkertür? Hast du TNT?«

»Wenn wir nur die PIN vom Direktor hätten«, sagte ich.

»Eine PIN ist wie ein Passwort«, sagte Tina. »Wir müssen herausfinden, was dem Direktor wichtig ist und welche Zahlen ihm etwas bedeuten.«

»Ich hab keine Ahnung«, sagte ich. »Ich weiß ja gar nichts über ihn.«

»Wir wissen eine ganze Menge über ihn.« Tina grinste. »Ich glaube, ich kenne seine PIN.«

»Und?«

»Denk doch selber nach. Es ist ganz einfach.«

Tina nervte!

»Sag sie doch einfach!«

»Das macht doch keinen Spaß«, lachte sie.

»Wie geht's denn deinem Werwolf-Schmusi?«, fragte ich.

Willy kicherte. »Werwolf-Schmusi ist gut.«

Tina wurde rot. »Tom ist kein Werwolf!«

Ich grinste breit. »Aber dein Schmusi?«

Tina verdrehte die Augen. »Mit Kleinkindern kann ich nicht reden.« Dann ging sie.

Willy seufzte. »Jetzt werden wir die PIN nie erfahren.«

»Doch, Tina hatte Recht, es ist wirklich ganz einfach.«

»Und wie lautet sie?«

»Denk doch selber nach. Es ist ganz einfach!«

Willy runzelte die Stirn. »Keine Ahnung.«

»Wann ist sein Vorfahre zum Kreuzzug aufgebrochen?«

»Ja!« Willy klatschte sich die Hand auf die Stirn. »Bin ich bescheuert!«

Wir gingen ohne weitere Umwege zur Kerkertür.

»Also«, sagte ich, »der Vorfahr vom Direktor ist 1096 nach Jerusalem gegangen.« Ich tippte die Zahlen ein, wobei jede Zahl einen Piepton machte.

MÖÖP!

Die Tür blieb zu.

»Mist!«, fluchte ich. »Das hätte klappen müssen.« Ich strich nachdenklich über mein Kinn.

»Was geht ab?«, fragte Tina.

Willy zuckte zusammen. »Wo kommst du denn her?«

»Du kannst dich echt gut anschleichen«, sagte ich. »Wie eine Katze.«

Tina grinste. »Ich liebe Katzen.«

»1096 klappt nicht«, sagte Willy.

»Echt?« Tina presste die Lippen aufeinander. »Seltsam.«

»Hi Tina«, sagte eine Stimme. Es war Tom.

»Was machst du denn hier?«, fragte Tina genervt. »Wenn du dein Handy suchst, das hat dein Bruder.«

»Mein Handy interessiert mich nicht. Seit gestern Nacht kann ich nur noch an dich denken.«

Tina wurde knallrot.

Tom rieb sich eine Stelle am Kopf. »Ich bin heute früh mit heftigen Kopfschmerzen in deinem Zimmer aufgewacht. Hab wohl den ganzen Tag verpennt.«

»Klingt spannend«, sagte Tina.

»Die Nacht mit dir muss fantastisch gewesen sein«, sagte Tom, »vermutlich kann ich mich deshalb an nichts mehr erinnern.«

Too much information!

»Lass uns das bald wiederholen«, schwärmte Tom.

»Träum weiter«, flüsterte Tina und machte einen Schritt von ihm weg.

Tom sah jetzt mich an. »Was treibt ihr hier?«

»Wir wollen in die Grotten«, sagte Tina. »Wenn du schon mal hier bist, hast du eine Idee, welche PIN der Direktor hat?«

»PIN«, lachte Tom. »Ein richtiger Mann braucht keine PIN. Geh mal weg, Kleiner.« Er schob mich grob zur Seite und fuchtelte mit seinen Armen herum wie ein Karatekämpfer. Mit einem plötzlichen Ruck rammte er seinen Fuß gegen die Tür.

»Argh!«, schrie Tom. Sein Bein war geradewegs durch die Tür gekracht. Tina half ihm dabei, es langsam herauszuziehen.

»Mist«, fluchte Tom, »der Mond ist nicht mehr voll genug.«

»Genau wie dein Gehirn«, lästerte Tina. »Was sollte diese Nummer?«

»Tut mir leid«, sagte Tom.

»Ich habe eine Idee!«, sagte Willy. »Was hat der Direktor zum Kreuzzug ganz genau gesagt?«

»Ich weiß es«, sagte Tina. Sie schloss die Augen. »Sein Vorfahre zog anno 1096 nach Jerusalem und es dauerte drei lange Jahre, bis er es fand.«

»Das ist es!« Ich tippte *1099* ein.

KLACK!

Die Tür war offen!

Ich warnte die anderen vor den rutschigen Stufen und so stiegen Tina, Willy und ich sehr vorsichtig die Treppe hinab, Tom trampelte uns hinterher. Willy leuchtete uns mit seiner echt coolen Taschenlampe, die auch einen Laserpointer hatte, den Weg. Meine hatte ja leider den Geist aufgegeben.

Im Burgverlies folgten wir den Spuren im Matsch. Ich trat auf etwas, das knackte und knirschte wie ein besonders dicker Käfer. Ein Schauer lief mir durch den Körper, aber ich wollte vor Tina keine Angst zeigen - und schon gar nicht vor Tom.

»Lass das«, fauchte Tina, als Tom ihr an den Hintern fasste. Kopfschüttelnd rannte sie vor.

»Mädchen mögen starke Jungs, die sich nehmen, was sie wollen«, sagte Tom. »Nur mit solchen Männern wollen Frauen Kinder bekommen.«

Hatte man den Typen aus der Steinzeit eingeflogen?

»Mit Charleen hätte ich gerne Kinder bekommen«, sagte Tom. »Sie ist ja viel erfahrener und auch viel heißer als Tina.«

Tina blieb stehen und drehte sich um. Ihre Lippen zitterten.

Tom blieb auch stehen, aber nicht, weil er was gerafft hatte, sondern wie ein Roboter, der auf ein Hindernis stößt und geduldig wartet, bis es weg ist.

In meinem Kopf ging der *Rote Alarm* los. Roter Alarm ist, wenn ein Junge in einer Situation zu einem Mädchen nichts mehr sagen kann. Alles würde es schlimmer machen. Das gilt auch für Jungen, die nur daneben stehen und zuschauen. Er kann nur verlieren. In so einer Situation war ich gerade! Tom hingegen war weit jenseits davon. An seiner Stelle wäre ich augenblicklich im Erdboden versunken.

Statt sich in eine Ninja-Kriegerin zu verwandeln und Tom in seine Bestandteile zu zerlegen, drehte sich Tina wieder um und ging weiter. Willy folgte ihr schnell und damit auch sein Taschenlampenlicht. Ich sah zu, dass ich den Anschluss nicht verlor, denn mit Tom in der Dunkelheit zurückzubleiben, war so ziemlich das Letzte, was ich wollte. Leider klebte Tom mir an der Backe. War ich jetzt auch sein BFF?

Tom seufzte. »Da Charleen das nicht mehr kann, muss Tina jetzt meine Kinder ausbrüten.«

Hoffentlich hatte Tina das nicht gehört!!!

»Auch wenn sie nicht so heiß wie Charleen ist, sind ihre Gene ganz okay«, grübelte Tom. »Jetzt müssten nur noch meine Gene mit ihren verbunden werden, um die perfekten Kinder zu zeugen. Wenn ich doch nur wüsste, wie das geht.«

Wie blöd war der denn? Laberte von einer fantastischen Nacht mit Tina, aber wusste nicht, wo die Babys herkamen? Ich wurde neugierig. Neugier schlägt Roten Alarm. Leider.

»Du weißt nicht, wie man Kinder macht?«

»Nein, aber das ist egal. Ich frage Mutter, sie wird mir das schon erklären.«

Okay, Neugierde befriedigt. Abflug! Ich ging schnell weiter und erreichte endlich Charleens Nische.

»Hier ist es«, sagte ich. »Hier hat Charleen die letzten Wochen gelebt.« Ihre Bücher lagen unverändert da.

»Das ist doch kein Leben«, stöhnte Willy. »Das ist ja zum Heulen!«

»Oh Gott!« Tina sah mit versteinerter Miene auf die Matratze.

Ich nahm Willy die Taschenlampe ab und betrachtete die Nische genauer. Die Wände bestanden aus Ziegelsteinen, von denen mehrere etwas vorragten. Ich betastete einen Stein vorsichtig, da rutschte er in die Wand, dafür kam ein anderer Stein heraus.

»Habt ihr das gesehen?«, fragte ich. Keiner antwortete. Ich drehte mich um und leuchtete in die Finsternis. Tom und Tina standen etwas abseits von uns.

»Willy«, rief ich.

Er kam zu mir. »Sie streiten.«

»Das sehe ich, ignorier sie einfach. Ich hab was entdeckt.«

Ich zeigte ihm einen herausragenden Ziegel und drückte dagegen. Sofort hoben sich zwei andere Ziegel.

»Interessant«, sagte Willy.

Wir probierten einige Zeit herum, drückten hier, drückten da. Nichts geschah, außer, dass sich Ziegel hoben und senkten.

»Wenn wir die Steine in die richtige Stellung bringen, öffnet sich bestimmt eine Geheimtür«, sagte ich.

»Oder eine Falltür«, sagte Willy und sah nach unten.

Ich leuchtete auf den Boden, doch da war nichts.

»Hoffen wir mal, dass es keine Fallen gibt«, sagte ich. »Außerdem haben wir schon so viel auf den Steinen herumgedrückt, dass uns längst ein Giftpfeil oder so hätte erledigen müssen.«

Willy schluckte. »Giftpfeile hatte ich gar nicht auf dem Plan.«

»Wir müssen die richtige Stellung der Ziegelsteine finden«, sagte ich.

»Vielleicht kommen die Fallen erst hinter der Geheimtür? Bestimmt kommt da ein Tunnel mit Stampfern.«

»Mit *was*?«

»Na Stampfer! Diese Dinger, die von der Decke kommen und dich zerquetschen, wenn du nicht auf die richtige Weise durchrennst. Dafür musst du rennen, stoppen, rennen, stoppen und so weiter.«

»Da kommen keine Stampfer«, sagte ich.

»Woher willst du das wissen?«

»Wir müssten sie doch hören, oder?«

»Die fangen erst an, wenn wir im Tunnel sind und der Rückweg blockiert ist. Genau wie die Feuerstöße.«

»Was würdet ihr nur ohne mich anstellen«, sagte Tina.

Ich drehte mich um. Ihr Gesicht war tränennass. Tom war verschwunden. Jetzt kein Wort über ihn!

»Wo ist denn Tom?«, fragte Willy.

Na toll!

»Weg«, zischte Tina.

Einige Sekunden sagte niemand etwas.

»Ihr kommt also nicht drauf?«, fragte Tina.

»Warum Tom weg ist?«, fragte Willy.

Ich hätte Willy jetzt am liebsten gewürgt und geschüttelt wie Homer Simpson seinen Sohn.

»Nein«, sagte Tina gereizt, »ich meine die Ziegelsteine!«

Ich zuckte mit den Schultern.

Tina sah mich mit einem wütenden Blick an. »Nachdenken ist nicht deine Stärke, oder?«

Ich wollte zuerst was sagen, doch es galt immer noch der Rote Alarm. Schlaue Jungs ignorieren zickige Bemerkungen von Mädchen. Also biss ich die Zähne zusammen und schluckte meinen Ärger runter.

»Ich hab dich was gefragt!«, schrie Tina. »Denkst du über die Antwort nach? Wie viele Minuten wird das mit deinem Spatzenhirn wohl dauern?«

Ich biss die Zähne fester zusammen. Ich konnte ihre schlechte Laune ja verstehen, aber musste sie ihren Frust unbedingt an mir auslassen?

»Du bist genauso blöd wie dein Kumpel Tom. Mit dem hast du dich ja prächtig über mich unterhalten.«

Das war nicht fair! Jetzt war Schluss.

»Ich kann nichts für deinen Stress mit diesem Idioten«, schrie ich. »Ich hab mich *nicht* prächtig mit ihm unterhalten. Außerdem solltest du ihn nur ablenken und nicht die NACHT mit ihm verbringen. Also lass deine schlechte Laune gefälligst an ihm aus!«

Tina funkelte mich an, als würde sie noch etwas Fieses sagen wollen, doch dann lächelte sie. »Okay.«

Okay? Das war's? Einfach nur okay? Mein Vater predigte mir immer, dass ich Mädchen gegenüber ein *Gentleman* sein soll. Ich soll ihnen die Tür aufhalten und wenn sie rumzicken, großzügig darüber hinwegsehen. So ganz klappte dieses großzügige Hinwegsehen offensichtlich nicht, denn ich hatte bei Tina auf Yoda gemacht und sie wurde trotzdem immer zickiger. Dann sagte ich ihr meine Meinung und alles war *okay* und am Ende bekam ich noch ein Lächeln? Mädchen!

Tina ging näher an die Steine heran. »Diese Wand ist uralt, sie stammt noch aus der Bauzeit der Burg. Wir suchen daher etwas, das nicht dem Direktor etwas bedeutet, sondern seinem Vorfahren, dem Ritter. Ein Symbol, eine Zahl oder einen Buchstaben. Habt ihr eine Idee?«

»Das Rollsiegel vielleicht?«, fragte Willy.

Tina starrte auf die Ziegelwand. »Ich weiß nicht, wie ich ein Rollsiegel abbilden soll.«

»Rittern ist doch ihr Schwert so wichtig«, überlegte ich.

»Ja«, sagte Willy, »die geben denen sogar Namen.«

»Wie Excalibur«, sagte ich.

Tina probierte einige Muster aus, die ein Schwert sein könnten, doch es öffnete sich keine Geheimtür.

»Mann«, schimpfte ich. »Es muss doch ein Symbol geben, dass einem ...«

Ich hatte eine Erleuchtung!

»Lass mich mal«, sagte ich. Tina machte mir Platz. Ich drückte zielstrebig mehrere Ziegel und wartete mit klopfendem Herzen. Erst bewegte sich nichts, doch dann hörten wir ein leises Rauschen.

»Was ist das?«, fragte Willy.

»Keine Ahnung«, sagte ich. »Hört sich wie rieselnder Sand an.«

ZISCH!

Plötzlich wackelte der Boden, und die Ziegelwand glitt nach unten weg.

RUMMS!

Die Wand war verschwunden und der Weg in einen dunklen Gang war frei.

»Was hast du gemacht?«, fragte Willy. »Was für ein Symbol hast du gedrückt?«

»Das Symbol, das einem Kreuzritter das wichtigste Symbol auf Erden ist«, lachte ich. »Ein Kreuz.«

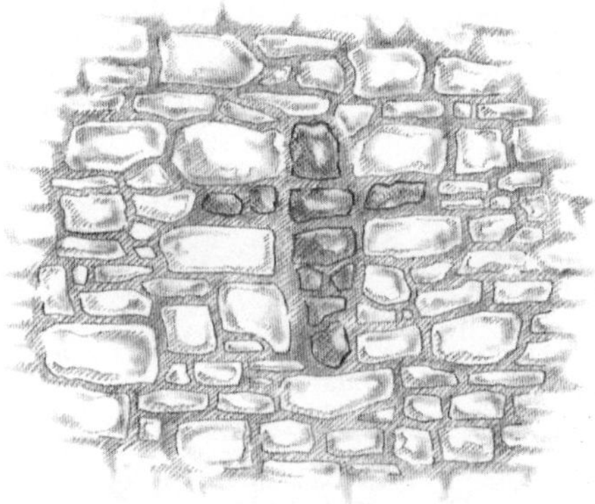

Ich gab Willy seine Taschenlampe zurück und wir gingen los. Willy leuchtete uns den Weg durch den dunklen, niedrigen Gang. Es roch hier noch modriger, als im Verlies. Einige Zeit folgten wir einem schmalen, stark abfälligen Schacht, bis wir endlich ein Licht am Ende des Tunnels sahen.

Wir betraten eine Tropfsteinhöhle mit Stalagmiten am Boden und Stalaktiten an der Decke. Die Höhle war irre hoch und groß, ein Ende konnte ich nicht erkennen. Der Mond schien durch mehrere Löcher in der Höhlendecke, außerdem waren die Wände mit einer schleimigen Schicht bedeckt, die grün schimmerte, daher brauchten wir keine Taschenlampe mehr. Es war kalt und die Luft war frisch, wir konnten sogar unseren Atem sehen. Der Boden war feucht und glitschig und wir mussten aufpassen, nicht auszurutschen.

Willy untersuchte einen Stalagmiten, der so dick wie ein Baum war und ihm bis zur Brust reichte.

»Was entdeckt?«, fragte ich.

»Ja«, sagte er. »Dieser Stalagmit ist kein Tropfstein. Das ist ein von Menschen bearbeiteter Felsen. An der Seite ist ein Symbol!« Er ging zum nächsten Felsblock, lächelte und ging zum übernächsten. »Ja, hier sind auch Symbole. Irre!«

Ich sah mir den ersten Felsblock genauer an und tatsächlich befanden sich an der Seite zwei Wellenlinien.

»Das Symbol kenne ich doch.«

»Das ist ein Tierkreiszeichen«, sagte Willy und hüpfte vor Begeisterung auf und ab. »Dein Symbol ist der Wassermann.«

»Cool!«

»Auf dem hier ist der Widder.« Willy ging zum nächsten Felsblock. »Skorpion!« Und zum Nächsten. »Jungfrau!«

»Zeig mir mal alle Felsen mit Symbol«, rief Tina. Sie balancierte auf dem Felsblock neben mir.

Willy rannte von Stein zu Stein, bis er wieder bei uns war.

»Das ist ein Steinkreis«, rief Tina.

»Wie Stonehenge?«, fragte ich. »Cool, da war ich mal. Ob hier vielleicht das Rollsiegel versteckt ist?«

»Mit Sicherheit«, sagte Tina. »Das ist bestimmt ein Rätsel, das wir lösen müssen, um den Schatz zu finden. Wie aufregend!« Sie sprang vom Stein, dabei stolperte sie. »Autsch!«

»Hast du dir weh getan?«

»Nein, geht schon«, sagte sie. »Sieh mal, der Stein hier, über den ich gestolpert bin, sieht interessant aus.«

Sie hob einen schwarzen, glitzernden Stein in der Größe eines Apfels auf und reichte ihn mir. Er war schwer wie Blei. Auf seiner Oberfläche funkelten kleine Diamanten.

»Das ist ein Meteorit«, sagte Willy. »Sowas habe ich mal im Naturkundemuseum gesehen.«

»Haben alle Meteoriten Diamanten auf der Oberfläche?«, fragte ich.

»Nein, das müssen Menschen gemacht haben«, sagte Willy. »Zeig mal her!« Er nahm den Meteoriten. »Cool, die Diamanten bilden ein Sternbild!«

»Hier liegen noch mehr Meteoriten herum!«, rief Tina.

Wir sammelten alle Steine zusammen, die wir finden konnten. Es waren zwölf.

»Ich habe eine Idee«, sagte Willy. »Wir legen die Meteoriten mit Sternbildern auf die Felsblöcke mit den passenden Tierkreiszeichen, dann passiert bestimmt was!«

Wir folgten Willys Anweisungen. Glücklicherweise hatte er Ahnung von Astronomie. Ich hätte nicht gewusst, wie die Sternbilder der jeweiligen Tierkreiszeichen aussehen. Als ich den letzten Stein ablegen wollte, hielt Tina meinen Arm fest.

»Wir wissen nicht, was jetzt passiert«, sagte sie. »Wer weiß, was wir hier gerade tun.«

»Versuch macht kluch«, lachte ich und legte den Meteoriten auf den letzten freien Felsblock.

Nichts geschah.

»Haben wir die Steine falsch abgelegt?«, fragte ich.

»Niemals«, sagte Willy. »Ich kenne mich mit Sternbildern aus. Alles bei diesem Rätsel hat mit den Sternen zu tun ...« Er sah nach oben.

»Was ist denn?«

»Seht ihr die Löcher in der Decke?«

»Ja«, sagte Tina.

»Durch eines scheint der Mond«, sagte Willy, »und sein Licht landet genau hier!« Er ging zu einem Felsblock und zeigte auf einen Lichtfleck daneben.

»Ja!«, rief Tina. »Klar. Der Mond muss auf den Meteoriten scheinen, damit sich das Schloss öffnet.«

»Sollen wir jetzt warten, bis der Mondschein dahin gewandert ist?«, fragte ich.

»Ach was«, lachte Willy, »ich probier es mal mit dem Laserpointer meiner Taschenlampe.«

Willy leuchtete mit seiner Lampe einen dünnen, roten Lichtstrahl auf den Meteoriten. Der Strahl wurde abgelenkt und traf einen anderen Meteoriten, der das Licht zu einem weiteren reflektierte, bis die Strahlen einen rot schimmernden Stern zwischen den Felsblöcken zeichneten. Nebel zog auf und rote Blitze zuckten zwischen den Meteoriten hin und her.

PENG!

»IIIIIHK!«, dröhnte es durch die Höhle.

»Was war das?«, stammelte Willy.

Mit einem Knoten im Bauch ging ich näher an den Steinkreis heran, bis ich den Nebel fast berühren konnte. Ich müsste nur meine Hand ausstrecken und ...

»IIIIIIHK!«, donnerte es und ein Kopf tauchte auf. Es war ein riesiger Kopf mit einem langen Hals und einem gewaltigen Maul mit zahllosen spitzen Zähnen. Es war ein Dinosaurier und leider ausgerechnet ein T-Rex.

»Heilige Scheiße«, schrie Tina.

Der Kopf wirbelte zu ihr und starrte sie aus nächster Nähe an. Er bewegte sich langsam zurück, als wollte er ausholen und tatsächlich riss er schon sein Maul auf.

»Hey!«, schrie ich.

Der Saurier drehte sich zu mir um. Ich stolperte schnell vom Steinkreis weg, doch mit nur einem Satz sprang er mir hinterher. Er war jetzt außerhalb des Kreises und starrte mir in die Augen. Ich spürte die warme, feuchte Luft, die er mir aus seinen Nüstern entgegen blies, da flog ein Stein gegen seinen Schädel.

PONK!

Wutschnaubend wirbelte der Saurier herum. Tina stand wie gelähmt da, den Arm noch in der Wurfbewegung. Sie hatte einem leibhaftigen T-Rex einen Meteoriten an den Kopf geworfen!

»IIIIIIIHK!«, kreischte die Bestie und sprang mit einem Satz zu ihr. Blitzschnell hob ich den Stein auf und warf ihn.

PONK!

Der Stein traf den Dino am Rücken. Wieder wirbelte er herum, doch bevor er mich zerfetzen konnte, traf ihn ein roter Lichtpunkt mitten ins Auge.

»IIIIIIIHK!«, schrie der Saurier. Kleine Steine lösten sich von der Höhlendecke und prasselten auf uns herab. Der T-Rex schüttelte verzweifelt den Kopf, doch der Lichtpunkt war zu schnell. Immer wieder traf er ihn mitten in eines seiner Augen. Willy blendete ihn mit seinem Laserpointer.

»IIIIIIIHK!«, kreischte der Saurier nochmal, dann trampelte er an mir vorbei und verschwand in der Höhle.

Der Dino war weg, ebenso der Nebel im Steinkreis. Ich zitterte am ganzen Körper und mein Herzschlag wollte sich gar nicht mehr einkriegen. Es war fast so, als würde ich mich jetzt erst richtig erschrecken.

»Mensch«, sagte ich unerwartet laut. »Ein Dino, wer hätte das gedacht. Unglaublich, sowas. Ehrlich. Hätte ich nie erwartet. Also echt.«

Meine Nerven lagen blank und meine Hände zitterten. Mist! Wie war das mit: *Ein Held muss immer die Kontrolle haben?*

»Das war krass«, sagte Tina. »Wirklich krass.«

Ich ging mit immer noch weichen Knien zu ihr.

»Danke«, sagte ich. »Wenn du den Stein nicht geworfen hättest ...«

»Das konnte ich nur, weil du den Dino abgelenkt hast«, sagte sie. »Danke, auch an dich, Willy.« Sie atmete erleichtert aus.

»Gern geschehen«, sagte Willy. Er kam zu uns.

»Coole Nummer mit dem Laserpointer«, sagte ich und klopfte ihm auf die Schulter. »Erzählst du uns jetzt einen Dino-Witz?«

»Den besten Witz habt ihr gerade aufgeführt«, sagte Willy.

»Wie meinst du das?«

»Denk doch mal nach«, sagte Willy. »Ihr bewerft einen Dino mit einem METEORITEN!«

»Ach so«, lachte ich. »Weil ein Meteorit das Aussterben der Dinosaurier verursacht hat.«

»Ich hoffe, der läuft uns nicht mehr über den Weg«, sagte Willy.

»Ich dachte, der Saurier verschwindet, wenn ich den Meteoriten vom Felsen nehme«, sagte Tina. »Das hat leider nicht geklappt.«

»Er war schon außerhalb des Portals«, sagte ich. »Hoffentlich kommen keine Weiteren.«

»Ich glaube nicht«, sagte Tina. »Das Portal scheint jetzt geschlossen zu sein.«

»Hoffentlich war das kein Weibchen, das jetzt irgendwo Eier legt«, sagte Willy. »Dann war es das mit der Menschheit und wir sind schuld.«

Einige Zeit schwiegen wir. Ob wir wirklich am Untergang der Menschheit schuld waren?

»Jedenfalls wissen wir jetzt, wofür die Urbayern diesen Steinkreis benutzt haben«, sagte Tina.

»Ja«, sagte ich, »offensichtlich haben sie die Römer nicht mit Schuhplatteln verjagt.«

Das Rollsiegel

»Leider hilft uns das alles nicht bei der Suche nach dem Rollsiegel«, sagte Tina.

»Vielleicht bringt uns der dreizehnte Stein weiter?«, fragte Willy.

»Welcher dreizehnte Stein?«, fragte Tina.

»Ein Stein war zu viel«, sagte Willy. Er ging einige Schritte, hob etwas auf und kam zurück. »Hier, das ist er.«

Ich nahm den Meteoriten und untersuchte ihn. Die Diamanten formten einen Kreis mit einem Pluszeichen darunter.

»Das ist das Symbol für die Venus«, sagte Willy. »Eigentlich ist es der *Handspiegel* der Göttin Venus. Aber das ist kein Sternzeichen, sondern ein Planet. Deshalb habe ich ihn aussortiert.«

»Ist das nicht auch das Zeichen für das Mädchenklo?«

»Ja«, sagte Willy. »Und?«

»Keine Ahnung.«

»Die Venus ist auch das Symbol für die Liebe«, sagte Tina.

»Ich hätte gedacht, dass kleine Herzchen für die Liebe stehen«, sagte Willy leise.

Tina hielt sich die Hand an die Stirn. »Was hat der Direktor heute erzählt?«

»Er hat was über *wahre Liebe* geschwafelt«, sagte ich.

Tina räusperte sich. »Er sagte, dass nur jemand das magische Rollsiegel finden kann, der *wahre Liebe* empfindet.«

»Dann ist in dem Stein vielleicht das Rollsiegel versteckt?«, fragte ich.

»Vielleicht«, sagte Willy. »Vielleicht aber auch unter dem dreizehnten Felsblock.« Willy führte uns zu einem Felsen, der wie die anderen aussah, aber nicht auf der Kreislinie stand.

»Warum hast du uns nichts von diesem Felsblock erzählt?«, fragte Tina. »Sowas regt mich auf. Gibt es vielleicht noch einen vierzehnten Stein?«

»Nein«, sagte Willy.

Ich sah mir das Symbol auf dem Stein an. Es war ein Kreis mit einem kleinen Pfeil.

»Das Jungsklo«, sagte ich.

»Das sind Schild und Speer des Kriegsgottes Mars«, sagte Willy.

»Männer sind vom Mars und Frauen von der Venus«, sagte Tina.

»Wenn du das sagst ...«

»Das ist ein Buch.«

»Spielen da Vampire mit, die im Sonnenlicht funkeln?«

»Haha«, lachte Tina. »Du bist ja sehr witzig.«

»Leg doch mal Venus-Stein auf Mars-Stein«, sagte Willy.

Vorsichtig legte ich den Meteoriten auf den Felsen, doch nichts geschah.

»Vielleicht musst du den Meteoriten berühren und dabei etwas sagen«, vermutete Tina.

Ich legte meine Hand drauf. »Aber was soll ich sagen?«

»Keine Ahnung«, sagte Tina. »Irgendwas mit Liebe ...«

»Vielleicht musst du den Geist des Rollsiegels beschwören«, vermutete Willy.

»Lieber Geist des Rollsiegels, erscheine bitte. Ich möchte unserer Freundin Charleen helfen, die in großer Not ist.«

Der Boden wackelte kurz.

»Nochmal«, sagte Tina, »mit mehr Gefühl!«

»Gefühl?«

»Ich glaube, du musst ehrlich sagen, was du für Charleen empfindest«, sagte Tina. »Ich weiß, dass du als Junge mit angezogener Gefühlshandbremse durchs Leben fährst, aber ich glaube, dass es nur so funktioniert. Erzähl der großen weiten Welt, dass du in Charleen verknallt bist. Das bist du doch, oder?« Sie sah mich an und zog langsam eine Augenbraue hoch.

Ich schluckte. Ja, ich war verknallt, aber das musste ich ja nicht an die große Glocke hängen.

»Mach schon«, sagte Willy. »Ich weiß, dass du in Charleen verknallt bist. Du sagst im Schlaf doch ständig ihren Namen.«

»Ich rede im Schlaf?« Mein Herz raste. Ich musste schnell vom Thema ablenken. »*Du* redest im Schlaf.«

»*Ich* rede im Schlaf?« Willy starrte mich an.

»Ja«, sagte ich. »Du rufst ständig nach einer Emma ...«

Willy wurde blass. »Ich ...«. Seine Augen glitzerten feucht.

»Was ist denn los?«, fragte Tina und ging zu ihm.

»Es ist meine Schuld, dass Charleen ein Geist geworden ist«, sagte er.

»Das stimmt doch gar nicht«, widersprach ich. »Wir werden sie retten. Wir kriegen das hin.«

Willy schüttelte den Kopf. »Ich bringe Unglück. Ich habe Charleen mit dem Tablet Unglück gebracht, genau wie ... meiner kleinen Schwester Emma.« Tränen liefen über seine Wangen.

»Emma ist deine Schwester?«, fragte ich. »Was ist denn mit ihr?«

Willy schüttelte den Kopf. Ich ließ den Stein liegen, ging zu ihm und legte meine Hand auf seine Schulter.

»Was ist passiert?«

»Vor drei Monaten ist meine kleine Schwester verschwunden.« Willy wischte sich das Gesicht trocken. »Mein Vater, Emma und ich waren mit dem Auto unterwegs zum Flughafen. Wir wollten meine Mutter abholen, die von einer Dienstreise zurückkam.« Willy schluchzte.

»Wie alt ist deine Schwester?«, fragte ich.

»Vier«, sagte Willy. »Mein Vater war in der Tankstelle bezahlen und ich sollte im Wagen bleiben und auf sie aufpassen. Ich musste aber ganz dringend aufs Klo und dann bin ich schnell ... nur ganz kurz ... und als ich wiederkam, war sie weg. Einfach weg.«

Betroffen schwiegen wir.

»Seit dem Tag hasst mich mein Vater«, sagte Willy. »Er hat es mir nicht gesagt, aber ich kann es ihm ansehen. Eigentlich war ich froh, dass er mich ins Internat gesteckt hat. Hier war ich wenigstens abgelenkt und wurde nicht jeden Tag an sie erinnert. Doch dann traf ich Charleen ... Sie hatte so schönes goldenes Haar wie Emma ...«

»Die kleine Emma!«, rief ich und sah Tina mit aufgerissenen Augen an.

»Ja natürlich!«, sagte Tina. »Das ging durch alle Medien!«

Ich erinnerte mich, wie vor einigen Wochen im Fernsehen und in allen sozialen Netzwerken nur über das verschwundene kleine Mädchen berichtet wurde. Ich erinnerte mich auch an ihr Foto.

»Das tut mir so leid.« Tina streichelte Willy am Rücken.

»Ich hab meine Eltern belauscht, als sie mit den Kriminalbeamten gesprochen haben«, sagte Willy. »Sie haben zwar um den heißen Brei herumgeredet, aber es klang nicht so, als würde es noch Hoffnung geben. Sie suchten nicht mehr nach ... nach einer *lebenden* Emma.«

»Es gibt immer Hoffnung«, sagte Tina. »Vielleicht hat sie sich verlaufen und lebt jetzt im Wald bei ...«

»... den Wölfen? Wie Mogli?« Willy schüttelte den Kopf. »Ich bin schuld, dass meine Schwester verschwunden ist. Ich möchte nicht auch noch schuld sein, dass Charleen nicht mehr zurückkommt. Lasst sie uns jetzt bitte retten.«

Ich schwieg einige Zeit, dann schüttelte ich den Kopf.

»Nein«, sagte ich. »Wir werden Charleen heute nicht retten.«

Willy sah mich entsetzt an. »Aber ...«

Ich sah Tina an und sie nickte mir stumm zu. Sie verstand, was ich vorhatte.

Ich nahm Willy bei der Hand und führte ihn zum Stein, dann legte ich seine Hand darauf.

»Sag jetzt, was du für deine Schwester empfindest und was du dir wünschst.«

»Aber ... was ist mit Charleen?«

»Als ich das Foto deiner Schwester im Fernsehen gesehen habe, wollte ich, dass man dieses kleine Mädchen findet. Jetzt haben wir hier vielleicht die Chance auf ein Wunder. Charleen lebt und ist im Tablet in Sicherheit, bis wir eine Lösung finden. Aber Emma braucht jetzt sofort unsere Hilfe.«

»Okay«, sagte Willy.

»Dann sag jetzt, was du für sie empfindest.«

»Ich liebe meine kleine Emma über alles«, schniefte Willy, »und ich würde alles tun, um sie zu retten. Alles!«

Der Boden wackelte. Der Meteorit glühte rot auf und verschmolz mit dem Felsblock. Plötzlich kippte der Felsen nach hinten um. An der Stelle, wo er gestanden hatte, war ein Loch und darin war ein goldener Schimmer. Ich kniete mich auf den Boden und griff hinein. Ich tastete und bekam etwas Kühles, Hartes zu fassen. Ich nahm es heraus - es war das Rollsiegel!

Ich betrachtete das Siegel, das schwer auf meiner Hand lag, genauer. Es war aus purem Gold und so lang und dick wie ein großer Klebestift. Es war innen hohl und auf seiner runden Oberfläche waren grün funkelnde Smaragde eingearbeitet. Ich drehte es und dabei entluden sich knisternd Funken.

»Ich glaub, das ist elektrisch aufgeladen«, sagte Tina. »Vielleicht legst du es lieber auf den Boden?«

Ich folgte ihrem Rat.

»Ich glaube, ich weiß, wie wir das Bild auf dem Siegel sichtbar machen können!« Ich drückte das Siegel fest gegen den Boden und rollte es dann wie eine Teigrolle ab. Auf dem feuchten, lehmigen Untergrund erschienen mehrere Punkte.

»Das ist ein Sternbild«, rief Willy. »Das ist Orion!«

»Seht ihr das?«, fragte Tina. Sie kniete sich neben mich.

»Was denn?« Dann sah ich es. Die Sterne auf dem Boden begannen zu leuchten. Sie strahlten so hell, dass wir schnell aufsprangen. Plötzlich explodierte alles um uns herum. Zunächst sah ich gar nichts mehr außer grünen Flecken beim Blinzeln, doch dann erholten sich meine Augen und ich erkannte mehr. Die Höhle war verschwunden und ich schwebte in einem schwarzen Raum mit kleinen Lichtpunkten über, vor, neben und unter mir. Als mir klar wurde, was das für ein Raum war, setzte mein Herzschlag aus.

»Der Weltraum!«, schrie ich.

»Wir werden sterben!«, schrie Willy.

»Ich fühle mich nicht schwerelos«, sagte Tina, »und ich spüre immer noch den Höhlenboden unter mir.«

»Stimmt«, sagte ich.

Mein Herzschlag setzte wieder ein.

»Aber wo sind wir dann?«, fragte Willy.

»Immer noch in der Höhle«, sagte Tina.

»Wie soll das gehen?«, fragte ich.

»Vielleicht ist dieses Siegel ein Laserprojektor?«, vermutete Tina. »Wie in einem Planetarium.«

»Das Siegel ist aus der Zeit von Moses«, sagte ich. »Da gab es sowas noch nicht.«

»Warum nicht?«, fragte Willy. »Die Leute in der Antike hatten es echt drauf, die alten Ägypter hatten ja auch schon Batterien und Glühbirnen.«

»Okay«, sagte ich, »wir sehen also eine Lasershow vom Weltraum.«

»Der Weltraum«, seufzte Tina. »Unendliche Weiten. Dies sind die Abenteuer von Captain Tina und ihrer zwei Mann starken Besatzung ...«

»Da passiert was«, sagte ich und zeigte nach vorne.

Vor uns erschien ein weiß glühender Nebel. Der Nebel lichtete sich und ein riesiger Mann mit weißen Haaren, einem langen Rauschebart und einem wallenden Umhang erschien. Stimmte die Legende über das Rollsiegel vielleicht? War das …

»Das ist Gott!«, schrie Willy.

Unglaublich, wir waren im Himmel!

»WARUM HABT IHR MICH GERUFEN?«

Willy erstarrte, als hätte man bei ihm auf Pause gedrückt. Ich stupste ihn an, doch er machte keinen Mucks.

»Ich habe mir Gott anders vorgestellt«, sagte Tina. »Vielleicht als Frau.«

»Bist du irre?«, flüsterte ich. »Willst du vom Blitz erschlagen werden?«

»HABT IHR WAS ZUM SCHREIBEN? FEDER UND PAPYRUS? EINE STEINTAFEL? ICH MÖCHTE EUCH MEINE GEBOTE DIKTIEREN.«

»Die kennen wir schon«, sagte ich.

»Wir brauchen deine Hilfe«, sagte Tina.

»GOTT HILFT DENEN, DIE SICH SELBST HELFEN.«

»Na toll«, zischte Tina.

»ABER ICH HABE WAHRE LIEBE GESPÜRT, DAHER WERDE ICH EUER ANLIEGEN PRÜFEN. DOCH ZUVOR MÜSST IHR WARTEN.«

Wir warteten. Ich bemerkte dabei, dass sein Bart immer hin und her wedelte. Das hatte etwas Hypnotisches und ich wurde müde.

»Nicht einschlafen«, flüsterte Tina.

Ich räusperte mich. »Äh, lieber Gott?«, fragte ich. »Könnten wir vielleicht ...«

»BITTE WARTEN!« Sein Bart wackelte immer noch im selben Rhythmus hin und her.

»Ich dreh gleich durch«, sagte Tina.

»EMPFANGE AKTUALISIERUNG!«

»Was?« Willy erwachte aus seiner Schockstarre. »Was hat Gott da gerade gesagt?«

»AKTUALISIERUNG WIRD ANGEWENDET.«

»Seit wann redet Gott wie ein Windows-PC?«, fragte Willy.

»Der Vergleich ist gut«, lachte Tina. »Wenn er jetzt noch sagt, dass wir beim Warten weiterarbeiten können ...«

Ich musste grinsen.

»Das ist nicht Gott«, sagte Willy. »Da will uns jemand verarschen!«

Der weiß glühende Nebel erschien wieder und hüllte Gott ein. Als der Nebel sich lichtete, stand dort ein Junge in T-Shirt und Jeans. Er war normal groß und sah wie ein Oberschüler aus, hatte lange, blonde Haare, einen Milchbart und ein Tablet in der Hand. Er trug eine Nerd-Brille wie Tina und ein Headset.

»Aktualisierung abgeschlossen«, sagte der Junge, dann sah er an sich herab. »Mist!«, fluchte er und ließ die Schultern hängen. »Dämliche Updates!«

Wir sahen ihn sprachlos an.

»Jo«, sagte er, »willkommen beim intergalaktischen Support. Ich bin euer Bearbeiter Simon.« Er seufzte ausgiebig.

»Bist du Gott?«, fragte ich.

»Nee«, antwortete Simon.

»Aber der Mann vorhin ...«

»... war auch nicht Gott und hat es nie behauptet.«

»Hat es nie behauptet?«, schimpfte Willy. »Er sah aber ganz genau so aus!«

»Und er wollte uns seine Gebote diktieren!«, schimpfte Tina.

»Nun ...«, stammelte Simon. »Es wäre nett, wenn ihr das nicht weitersagen würdet.«

»Was denn?«, schimpfte Tina. »Dass du uns vormachen wolltest, Gott zu sein?«

»Ja, äh ...« Simon wurde rot. »In meiner Firma wird das nicht gerne gesehen. Also, es wäre echt cool, wenn ihr das für euch behaltet, falls jemand von der Qualitätssicherung nachfragt.«

Ich sah Tina und Willy an. Sie nickten mir zu.

»Okay«, sagte ich, »wir erzählen es nicht weiter.«

»Danke«, sagte Simon. »Ich hab mich gerade erst zum unbezahlten Anwärter ersten Grades hochgearbeitet und es wäre echt blöd, wenn ich wieder zum unbezahlten Praktikanten herabgestuft würde.«

SIMON

»Warum spielst du Gott, wenn es verboten ist?«, fragte ich.

»Die Leute sind dann viel netter zu mir, bringen mir Opfer und so. Wenn ich die Wahrheit sage, dass ich nur ein kleiner Anwärter bin, dann lande ich schon mal auf dem Scheiterhaufen.«

»Was für ein Anwärter bist du denn?«, fragte Tina.

»Wenn ich die zwölf Stufen absolviert habe, werde ich mit etwas Glück ein Engel im einfachen Dienst.« Er richtete sich auf und strahlte vor Stolz. Dann sank er wieder zusammen. »Vermutlich in ein paar Millionen Jahren. Oder auch nie.«

»Krass«, sagte Tina.

»Bis dahin bin ich Support-Mitarbeiter«, sagte er.

»Dann machst du den Support für Gott?« Ich sah ihn mit großen Augen an.

»Nicht so ganz«, sagte er, »eher für die göttliche Liebe. Richtig prickelnd ist die Ausbildung aber nicht. Es ist oft auch ziemlich kitschig, immer dieses Thema Liebe. Das ist wie ein niemals endender Valentinstag. Ich wäre ja auch lieber zur göttlichen Weisheit gegangen, aber die nimmt keine Praktikanten. Sie ist halt weise ... Aber genug gequatscht, wie kann ich euch helfen?«

»Ich will den Weltfrieden!«, sagte Tina.

»Also ...«, begann Simon.

»Das war ein Scherz«, sagte Tina hastig. »Das war ein Scherz!«

»Scherz oder nicht, dafür reicht euer Guthaben nicht aus.«

»Wofür reicht denn unser Guthaben?«, fragte ich.

Er wischte auf dem Tablet herum. »Für ein Wunder«, antwortete er. »Ganz knapp.«

»Können wir unser Guthaben wieder aufladen?«, fragte ich.

»Nein. Den Vertrag mit der Erde hat unser Vorstandsmitglied U-An geschlossen. Bis vor Kurzem war das Siegel noch randvoll gewesen, aber dann wurde ein Wunder für die Erschaffung eines Universums abgerufen.« Er warf uns einen verblüfften Blick zu. »Das muss meine Urlaubsvertretung gemacht haben, denn eigentlich verbieten die Richtlinien die Erschaffung von Konkurrenz-Universen mit anderen Göttern als dem EINEN ... ihr wisst schon, erstes Gebot und so.«

»Das muss Quentins Digit-All sein«, sagte ich.

»Aber wie will er das gemacht haben?«, fragte Tina. »Muss er dafür nicht Liebe empfinden?

»Das tut er doch«, sagte Willy. »Für Charleen!«

»Leute«, sagte Simon, »ich hab nicht ewig Zeit. Na ja, eigentlich doch, aber egal, ich muss langsam los. Ihr habt jetzt ein Wunder frei, doch danach ist euer Guthaben aufgebraucht. Das wird es auch bleiben, denn unser Vorstand U-An ist jetzt im Ruhestand. Er lebt auf einem Planeten von Beteigeuze, um dort friedliebende Wollmäuse zu studieren.«

»Haben wir gar keine Chance, das Rollsiegel wieder aufzuladen?«, fragte ich.

»Sollte das neue Universum zerstört werden, wird seine Energie wieder auf das Rollsiegel übertragen«, erklärte Simon. »Aber das dürfte sehr unwahrscheinlich sein.« Er fasste sich ans Ohr, wischte über das Tablet und tippte darauf herum. »Ich hab noch einen anderen Call. Eine Supernova, die unzählige Lebewesen bedroht. Wenn ihr euch jetzt bitte für ein Wunder entscheiden könntet?«

»Und wenn ich mir eine Wundermaschine wünsche?«, fragte ich.

»Dafür wäre ein erstklassiges Wunder nötig, das Guthaben reicht aber nur für ein drittklassiges. Bitte sagt mir jetzt euren Wunsch.«

PENG!

Willy war fort. Ich starrte auf die Stelle, an der Willy gerade noch gestanden hatte.

»Was ...?«, stammelte ich.

»Ich muss jetzt echt los«, sagte Simon und sah mich an. »Da du dich offenbar nicht entscheiden kannst, gebe ich dir das Restguthaben in Form von Energie.«

»Energie?«, fragte ich.

»Zauberkraft.«

Ich machte große Augen. »Echt?«

»Ja«, sagte Simon. »Aber wenn sie aufgebraucht ist, war es das. Das Rollsiegel-Guthaben ist jetzt leer. Nutze die göttliche Magie weise.« Er tippte auf sein Tablet. »Der Call ist hiermit abgeschlossen.«

Ein Blitz zuckte durchs All und traf mich. Ich flog rückwärts davon, dann wurde ich ohnmächtig.

Als ich wieder aufwachte, war das Weltall verschwunden und ich lag auf dem feuchten Boden der Höhle.

Tina beugte sich über mich. »Wie geht es dir?«

Meine Brust fühlte sich heiß an. Ob mich dort der magische Blitz getroffen hatte? Ich spürte auch so ein ständiges Kribbeln, es war aber kein Schmerz.

»Ganz okay«, sagte ich und stand auf. »Wo ist Willy?«

Tina zuckte mit den Schultern. »Vielleicht abgehauen?«

Ich sah mich um. Tropfsteine, soweit das Auge reichte.

»Ich sehe keine Spuren von ihm. Seltsam ...«

»Vielleicht ist er noch in der Weltall-Simulation«, vermutete Tina. »Ich war ja auch noch etwas länger drin.«

»Bei dem Typen?«

»Nein«, sagte Tina, »der hat sich verkrümelt. Doch dann kam eine Frau wie ein Engel vom Himmel herabgeschwebt ... Stell dir vor, sie hat mit mir eine *Kundenzufriedenheitsbefragung* gemacht!«

»Was?«

»Fragen zur Qualitätssicherung«, sagte Tina. »Ich wollte sie ja abwimmeln, aber dann hat sie mir gesagt, dass man etwas gewinnen kann ...«

»Was denn?«, fragte ich.

»Man darf einen Tag Gott sein!«

»Echt jetzt? Das würde ja alle unsere Probleme lösen.«

Ich hörte etwas hinter mir und wirbelte herum. Es war Tim! Er hielt das Tablet in beiden Händen so, als wollte er uns damit erschlagen. Als er sah, dass wir ihn bemerkt hatten, nahm er es runter.

»Du hast das Tablet schon wieder geklaut!«, schimpfte ich.

»Es ist meins!«, zischte er.

Tina und ich gingen etwas auf Abstand von Tim. Einige Sekunden beobachteten wir uns gegenseitig.

»Was habt ihr vorhin getrieben?«, fragte Tim. »Ihr standet in der Gegend herum und habt mich nicht bemerkt.«

»Wir haben meditiert«, sagte ich.

»Der Fette kann im Tablet weiter meditieren«, lachte Tim.

»Du hast Willy digitalisiert?«

»Du Mistkerl!«, schrie Tina. Sie machte einen Satz nach vorne, holte aus und schlug zu, doch Tim blockte sie gekonnt ab und drehte ihr den Arm in den Rücken.

Ich machte einen Schritt in ihre Richtung.

»Halt, oder ich breche ihr den Arm!«, schrie Tim.

Ich erstarrte.

Tim sah mich grinsend an. »Komm doch, aber so schnell bist du nicht.«

Mein Herz klopfte. Was sollte ich gegen diesen Irren ausrichten? Mein Vater hatte mir von seiner Zeit in einer Spezialeinheit zur Geiselbefreiung erzählt. Er sagte, dass man *immer* etwas tun kann, selbst wenn es aussichtslos scheint. Zeit ist das kostbarste Gut und um welche zu gewinnen, muss man den Gegner zum Reden bringen. Jeder Bösewicht hat eine Motivation und wenn man auf die richtigen Knöpfe drückt, redet er auch darüber.

»Was hast du gegen Mädchen?«, fragte ich. »Erst versuchst du, Charleen zu töten und jetzt ...«

Tim warf mir einen eisigen Blick zu. Hoffentlich war das die richtige Taktik!

»Kümmer dich um deinen eigenen Kram«, zischte er.

Tinas Gesicht war schmerzverzerrt. Sie warf mir einen verzweifelten Blick zu.

»Du bist ein Psychopath!«, schrie ich. »Mein Vater würde dich jetzt erschießen.«

»Ich sagte, kümmere dich um deinen Kram.«

»Das *ist* mein Kram, du Psycho!«

»Ich bin kein Psycho!«, schrie Tim. »Mein bescheuerter Bruder ist einer, aber ich nicht. Ich wollte Charleen nicht töten, ich sollte sie digitalisieren.«

»Digitalisieren? Warum denn?«

»Das hat mir mein Meister befohlen, aber dieses dumme Tablet wollte nicht mitspielen.« Tim schüttelte das Tablet, das einen schwarzen Bildschirm zeigte. »Wach auf, Flummihirn.«

Quentin erschien. Er machte ein sehr trauriges Gesicht.

»Ich hatte mich ins Zimmer des Dicken geschlichen, als er nicht da war«, sagte Tim. »Ich habe dem Tablet befohlen, Charleen heimlich zu digitalisieren, doch Flummihirn gehorchte nicht. Also stahl ich das Tablet und wartete, bis Charleen kam, um es zurückzuholen. Ich tat so, als wollte ich Charleen mit dem Baseballschläger erschlagen. Ich wusste, dass Klein-Flummihirn sie beschützen wird, so verliebt, wie er in sie war.«

Über Quentins Gesicht erschien eine Rauchwolke.

»Dann war Charleens Verwandlung geplant? Aber warum habt ihr dann dieses lächerliche Ritual gemacht, um sie wieder zurückzuverwandeln?«

»Tom heulte jeden Tag wegen Charleen herum«, sagte Tim. »Er wusste nichts von meinem Geheimauftrag. Ich hatte gehofft, dass er nach einem gescheiterten Rettungsversuch wieder zur Vernunft kommt und einsieht, dass Charleen Geschichte ist. Das hat auch funktioniert, leider hat er sich jetzt auf Tina fixiert.« Tim verdrehte Tinas Arm stärker und sie verzog ihr Gesicht vor Schmerz.

»Hör auf!«, schrie ich. »Bist du vollkommen irre?«

»Keine Sorge, die Bitch wird noch nicht ins Gras beißen. Aber nur, wenn du schön brav machst, was mein Meister dir sagt.«

»Bist du ein Jedi? Von welchem Meister redest du?«

»Er meint mich«, sagte eine blecherne Stimme hinter mir.

Ich drehte mich um. Dort stand ein Ritter in schwarzer Rüstung mit zugeklapptem Visier. Das Metall war so glatt poliert, dass es die Sterne des Nachthimmels, die durch

Löcher an der Decke schienen, reflektierte. Wie hatte sich dieser Metallmann so leise anschleichen können? Und wo kam er plötzlich her? Ich ging langsam von ihm weg, bis er und Tim gleich weit von mir entfernt waren.

Unsere Lage verschlechterte sich immer mehr. Tina war nur eine Sekunde von einem Armbruch entfernt und ich hatte auf einmal zwei Gegner.

Der Ritter streckte seine Hand aus. »Gib mir das Rollsiegel und niemand wird verletzt.«

Was würde der Typ machen, wenn er erfuhr, dass das Guthaben des Siegels aufgebraucht war? Wo war es überhaupt? Mit Blicken suchte ich den Boden ab, da entdeckte ich es. Es lag hinter einem Felsen und war für den Ritter und Tim nicht zu sehen, hoffte ich. Jetzt war Zeitschinden angesagt.

»Wir haben es nicht!«

Der Ritter sah zum umgestürzten Felsblock mit dem Loch, in dem ich das Siegel gefunden hatte.

»Ach wirklich?«

Ich räusperte mich. »Okay, also, falls wir es haben, warum sollten wir es ihnen geben? Es gehört in ein Museum!«

»Machst du jetzt auf Indiana Jones?« Der Ritter schüttelte den Kopf, total lautlos. War seine Rüstung wirklich aus Metall?

»Das Siegel wurde aus einem Tempel in Jerusalem gestohlen«, verkündete ich mein frisch erworbenes Wissen, »dann gehört es dorthin.«

»Nein, das tut es nicht. Gib es mir, es ist meins!«

»Warum haben sie es nicht selbst ausgebuddelt? So kompliziert war das Rätsel mit Venus und Mars nun auch wieder nicht.«

»Ich hatte meine Gründe.« Der Ritter verschränkte seine Arme, ebenfalls vollkommen lautlos. »Und die gehen dich gar nichts an.«

Ich stellte mir vor, wie er einen Schmollmund machte.

»Wenn sie mir davon erzählen, gebe ich ihnen das Siegel, ohne Stress zu machen. Versprochen.«

Der Ritter ging einige Schritte auf und ab. Er machte dabei kein einziges Geräusch. Kein Klappern, kein Quietschen, kein Rumpeln, kein Rasseln. Nichts. Was war das für eine Rüstung? Plötzlich sah er mich an.

»Na schön, ich werde das Siegel sowieso bekommen, es muss ja hier irgendwo sein. Außerdem wirst du mein Geheimnis ohnehin nicht weiter erzählen.«

Er warf Tim einen Blick zu, der daraufhin nickte, dann klappte er sein Helmvisier zurück. Ich atmete schockiert aus und stolperte rückwärts. Mein Entsetzen hatte zwei Ursachen. Der schwarze Ritter war der Direktor! Und: Seine Gurkennase hätte nie und nimmer unter den Helm gepasst. In tausend Jahren nicht. Trotzdem ragte dieser Knubbel jetzt aus seinem Helm heraus und verunstaltete die Landschaft. Diese Unmöglichkeit schockierte mich fast mehr, als die Tatsache, dass mein Schuldirektor und aktueller Erziehungsberechtigter ein fieser Oberschurke war, der Kinder bedrohte und sich den Weltuntergang für Ungläubige herbeisehnte. Der Direktor bemerkte, dass ich wie gebannt auf seine Nase starrte.

Er seufzte. »Ja, der Helm ist magisch, genau wie die Rüstung und mein Schwert. Das hat alles mit dem Rollsiegel zu tun. Ich hatte ja schon erzählt, dass man wahre Liebe empfinden muss, um das Siegel zu benutzen. Meine Frau ...«

»Sie haben eine Frau?«, zischte Tina. »Die haben sie bestimmt auf einem orientalischen Basar gekauft.«

Sofort drehte Tim ihren Arm stärker nach hinten. Sie schrie und weinte fast vor Schmerz. Arme Tina!

»Nicht so frech!«, schimpfte der Direktor. »Ich war ein Ritter, der wahre Heldentaten vollbracht hat. Die Burgfrauen haben sich um mich gerissen und es verging kein Monat, in dem mir ein benachbarter Graf oder Herzog eine seiner schönsten Töchter angeboten hatte.«

Okay, er hatte gerade eine Rüstung an, vielleicht von seinem Vorfahren, aber das machte ihn doch nicht zum Ritter. Der hatte doch echt nicht alle Tassen im Schrank!

»Ich entschied mich für die Schönste von allen, die liebreizende Iris. Sie war von meinen Abenteuergeschichten fasziniert und sagte immer, dass sie auch gerne einmal ins Morgenland reisen würde. Eines Tages gab ich ihr das Siegel und erklärte ihr die Regeln. Wenn man jemanden wahrhaftig liebt, kann man sich etwas für ihn wünschen. Ich schlug ihr vor, dass wir uns gegenseitig etwas wünschen. Als Beispiel für einen tollen Wunsch nannte ich Unsterblichkeit, Unbesiegbarkeit und Unverwundbarkeit. Ich gab ihr das Siegel und ließ ihr den Vortritt. Sie benutzte es und Gott erschien uns! Gott! Könnt ihr euch das vorstellen?«

Ich sah ihn mit gespieltem Erstaunen an. Er musste ja nicht unbedingt wissen, dass seine Gotteserfahrung der Fake eines Supportmitarbeiters war.

»Gott fragte sie nach ihrem Begehr und sie wünschte sich all diese Dinge für mich. Und tatsächlich - ich bekam sie! Ich bin tausend Jahre alt und meine magische Rüstung macht mich unbesiegbar!«

»Ist nicht wahr!«, stöhnte Tina.

»Oh Gott!«, keuchte ich. War der Typ jetzt doch ein Ritter?

»Dann reichte Iris mir das Siegel und ich sprach denselben Wunsch für sie aus. Ich meinte den Wunsch ehrlich, doch nichts geschah. Gott erschien mir nicht - nicht einmal ein Erzengel. Ich behauptete, dass das Siegel vermutlich nur einmal am Tag funktioniert, doch als es am nächsten Tag wieder nicht klappte, wurde meine Frau misstrauisch. Seit diesem Tag traute sie meinen Liebesschwüren nicht mehr. Sie verließ mich. Sie ging einfach fort und ich habe sie niemals mehr wieder gesehen. Doch sie hinterließ mir einen Brief, ich kenne ihn auswendig:

Liebster Erich!

Es schmerzt in meiner Seele, dass du keine Liebe für mich empfindest. Damit du deine wahre Liebe finden kannst, verlasse ich dich und mache den Weg frei für dein Glück. Bitte suche nicht nach mir.

Das Siegel habe ich in den Höhlen unter der Burg versteckt. Solltest du eines Tages wahrhaftige Liebe für jemanden empfinden, dann wird es sich offenbaren.

Leb wohl, mein Geliebter!

Deine Iris«

»Sie hat sie geliebt«, sagte ich. »Deshalb hat das Siegel bei ihr funktioniert.« Jetzt verstand ich es. »Sie können keine Liebe empfinden, deshalb haben sie uns für die Suche gebraucht!«

Der Direktor nickte. »Und jetzt gib mir endlich das Rollsiegel!«

Zeitschinden, Zeitschinden ...

»Es ist leer«, sagte ich. »Die Magie ist aufgebraucht, weil ... weil ...«

»Ich habe sie verbraucht«, sagte Quentin, der immer noch von Tim gehalten wurde. »Ich wollte für meine geliebte Charleen ein wundervolles Universum erschaffen.«

Es war totenstill und bis auf mein heftig schlagendes Herz hörte ich nichts. Der Direktor kratzte sich an seiner riesigen Nase, dann lachte er plötzlich laut und hielt sich den Bauch.

»Das weiß ich doch, hier geschieht nichts ohne mein Wissen.«

Ich sah ihn ratlos an.

»Mein Plan war, dass ein verliebter Teenager das Rollsiegel für mich findet«, erklärte er. »Leider waren die Schüler hier nicht annähernd so intelligent, wie erhofft, daher musste ich meinen Plan ändern. Ich sorgte dafür, dass sich das Tablet in das Mädchen verliebt.«

Quentin machte große Augen. Fragezeichen tanzten um ihn herum.

»Ich habe dich gehackt und deine Erinnerung daran gelöscht.«

»Nein!«, keuchte Quentin.

»Doch und es war supereinfach. Ich gab dir das WLAN-Passwort und ließ dich Liebesschnulzen und Seifenopern sehen. Serien und Filme, in denen verliebte Männer ihren Traumfrauen die schönsten Geschenke machen. Charleen habe ich auf andere Weise manipuliert. In Glaubenskunde war unser Hauptthema die Erschaffung des Universums. Ich erwähnte immer wieder, dass uns Gott das schönste Geschenk gemacht hat, was überhaupt denkbar ist. Er hat uns ein ganzes Universum geschenkt! So kam Charleen auf die Idee, das Thema mit Quentin zu besprechen und Quentin bekam tatsächlich Zugang zur Magie des Rollsiegels, obwohl wir es noch gar nicht ausgegraben hatten.«

»Aber wozu das alles?«, fragte ich. »Was wollen sie mit dem neuen Universum?«

Der Direktor grinste. »Es ist das Gelobte Land, in das ich meine Auserwählten führen werde.«

»Was denn für Auserwählte?«

»Deine Mitschüler. Mit ihnen werde ich das Gelobte Land besiedeln, ungestört von äußeren Einflüssen. Wenn wir dort sind, wird meine Kampfdrohne das Tablet zerstören. Dann wird das neue Universum das alte vollständig ersetzen.«

»Der Phasenübergang!«, stöhnte Quentin. »Sie wollen das Universum mit dem Digit-All überschreiben!«

»Sind sie vollkommen irre?«, krächzte Tina.

Das konnte doch nicht wahr sein!

»Leider fehlt mir noch ein wichtiges Passwort.« Der Direktor sah zum Tablet. »Gib es mir!«

»Niemals!«, sagte Quentin. Sein Mund wurde ein schmaler Strich.

»Das Passwort hat Willy bei der Installation vergeben. Wenn du es mir nicht gibst, hole ich es mir von ihm.«

»Das lasse ich nicht zu!«, schimpfte Quentin.

»Als wenn du das zu entscheiden hättest.«

»Willy wird ihnen das Passwort niemals verraten«, sagte Quentin.

»Sei dir da mal nicht so sicher«, sagte der Direktor, »ich habe jahrtausendelange Erfahrungen bei der Folter von Menschen.«

»Sie Monster!«, schrie ich.

»Euch brauche ich nicht mehr«, sagte der Direktor. »Ihr werdet jetzt sterben. Tim, bring die beiden zu Mutter und durchsuch sie nach dem Rollsiegel.«

PONK!

»AU!«, schrie Tim und ließ das Tablet fallen. Er rieb sich eine dicke Beule am Kopf und sah sich hektisch um.

Ich sah in die schummrige Höhle hinter Tim und erkannte einen riesigen Jungen. Es war Tom, der wie Hulk auf die doppelte Größe angewachsen war. Er warf mit Steinen nach Tim.

»Verdammt!«, schrie Tim, als ihn ein Stein an der Schulter traf.

»Lass Tina in Ruhe«, grunzte Tom. »Sie gehört mir!«

»Na warte«, schrie Tim und rannte wutschnaubend los.

»Bleib hier«, schrie der Direktor, doch Tim ignorierte ihn.

Ich nutzte meine Chance und rannte zu Tina. Sie rieb sich den Oberarm und stöhnte.

Tim erreichte seinen Bruder. Tom war so riesig, dass er Tim ohne Probleme erledigen müsste.

»Pass auf, der Direktor!«, rief Tina.

Der Direktor rannte auf das Tablet zu, das mehrere Schritte neben uns am Boden lag.

»Nein!«, schrie ich und warf mich auf den glitschigen Boden. Ich schlitterte auf dem Bauch zum Tablet und packte es, dann stand ich auf. Ich wollte gerade weglaufen, da prallte der Direktor mit seiner Rüstung gegen mich wie ein ICE. Rückwärts krachte ich auf den Boden.

»Gib mir das Tablet«, schrie der Direktor. Er presste mir eine Metallhand auf die Brust und drückte mir die Luft aus den Lungen, mit der anderen zerrte er am Tablet. Ich hielt es, so fest ich konnte, aber es glitt mir langsam aus den Händen.

»Hören sie auf!«, schrie Tina. Sie hielt drohend das Schwert des Ritters hoch.

»Das traust du dich nicht!«, lachte der Direktor. »Außerdem bin ich unverwundbar und unbesiegbar!«

»Vielleicht kann ihr magisches Schwert sie ja verwunden?«, fragte Tina. »Finden wir es heraus!« Tina holte aus und schlug das Schwert mit voller Wucht gegen seinen Rücken. Plötzlich leuchtete der Direktor auf, als hätte er an ein Starkstromkabel gefasst.

PENG!

Er war weg, samt Rüstung und Schwert.

Ich war geblendet. Bei jedem Blinzeln sah ich das Gesicht des Direktors als grünen Schatten. Er sah mich mit großen Augen entsetzt an.

Ich stand langsam auf und hielt dabei das Tablet an mich gedrückt.

»Was ist passiert?«, fragte ich.

»Ich musste eingreifen«, sagte Quentin. »Ich wollte nicht, dass Tina jemanden tötet. Jetzt ist er in mir.«

»Oh nein«, keuchte ich.

»Wir müssen abhauen«, sagte Tina. »Ich weiß nicht, wie lange Tim noch beschäftigt ist.«

»Okay«, sagte ich, »aber ich nehme noch schnell das Rollsiegel mit. Wer weiß, wofür es gut ist?« Ich ging hin und steckte es mir in die Hosentasche.

Aus der Ferne hörten wir Schreie und Kampfgeräusche. »Argh! Kraaa!«

PENG!

PLATSCH!

Das hörte sich wie eine Wasserbombe an. Sehr merkwürdig.

»Ähm«, räusperte sich Quentin, »ich habe ein Problem.«

»Was ist denn?«, fragte ich.

Tina stellte sich eng neben mich und wir sahen gemeinsam auf das Tablet. Ich roch wieder ihren angenehmen Blütenduft. Mein Arm machte sich selbstständig, wanderte um Tina herum und legte sich fast um sie, da fuhr ich mir schnell verlegen durch die Haare.

»Dieser Direktor«, sagte Quentin. »Er macht etwas in mir.« Der Smiley fror kurz ein. »Er holt sich seine Rüstung aus dem Zwischenspeicher. Wieso kann er das?« Wieder fror der Smiley ein.

»Quentin?«, fragten Tina und ich gleichzeitig.

»Hilfe, er will mich löschen! Wenn ich tot bin, kann ihn niemand mehr aufhalten! Das wäre unser aller Ende! Und wer kümmert sich dann um meine ...« Dann war das Display schwarz.

Mutter

»Au!«, schrie ich. Ein Stein hatte mich am Rücken getroffen.

Tim kam auf uns zu, breitete die Arme aus und rannte uns über den Haufen. Wir stürzten, dabei verlor ich das Tablet.

Tim stand breitbeinig über mir. Er zog seinen Rotz hoch, spuckte eklig grünen Schleim auf seine Hand und griff dann nach mir. IGITT! Was hatte der vor? Ich rutschte auf dem Boden entlang weg, doch er war schneller. Er packte meine Hand, drehte mir den Arm in den Rücken und presste meine Hände zusammen. Was sollte das? Ich wollte aufstehen, da bemerkte ich den Grund. Sein Rotz war irgendeine Art Superkleber, denn ich bekam meine Hände nicht frei! Mühsam kämpfte ich mich - mit den Händen am Rücken - hoch.

Dieselbe eklige Nummer machte er bei Tina.

»Ich bringe euch jetzt zu Mutter«, sagte Tim und zog Tina auf die Beine. »Vorwärts!« Er hob das Tablet auf und steckte es sich in den Hosenbund, dann packte er Tina am Oberarm und zog sie mit sich, mich schubste er vor sich her.

Ich hatte Mühe, auf dem glitschigen Untergrund nicht auszurutschen. Tim lief immer tiefer in die Höhle hinein. Sein T-Shirt war zerrissen und voller Flecken. Blut? Hatte er seinen Bruder umgebracht?

»Aaaah!«, schrie plötzlich Tina. Ihr Schrei hallte mit zahllosen immer leiser werdenden Echos durch die Höhle. Am Boden vor uns lag etwas in einer Pfütze. Es war Toms Kopf!

Das beantwortete wohl meine Frage.

»Hallo!«, sagte der Kopf.

Ich bekam eine Gänsehaut.

Tim sah grimmig auf ihn herab.

»Das war echt nicht nett von dir«, maulte Tom.

»Du bist selber schuld«, sagte Tim. »Warum musstest du dich auch so aufplustern?«

»Ich wusste doch nicht, dass ich PLATZEN kann!«, jammerte Tom.

Toms Kopf konnte ohne Körper reden und Tims Rotz war ein Superkleber - was waren das nur für Typen?

»Ist schon blöd, wenn man mit zu wenig Gehirn auf die Welt kommt«, lästerte Tim.

»Du bist doch mein Bruder«, sagte Tom weinerlich. »Bitte, bring mich zu Mutter. Sie wird das wieder reparieren.«

»Wenn's denn unbedingt sein muss.« Tim hob den Kopf auf und klemmte ihn unter den Arm. Dann schubste er mich weiter und zerrte Tina mit sich.

Wir liefen an unzähligen Tropfsteinen vorbei und die Höhle schien kein Ende zu nehmen. Tina schien sich für ihre Umgebung nicht zu interessieren, denn sie starrte wie unter Schock den Kopf an.

Toms Augen blickten zu ihr. »Tina, ich liebe dich!«

»WAS?«, keuchte sie.

»Ich will Kinder mit dir haben«, sagte der Kopf.

»*Kinder*?« Tina starrte ihn mit offenem Mund an.

»Ganz viele«, sagte Tom. »Sie werden alle genauso aussehen wie du. Es wird toll!«

»Ich will keine Kinder mit dir haben«, schrie Tina.

»Tina«, flüsterte ich, »du sprichst mit einem Kopf.«

Sie ignorierte mich.

»Liebst du mich nicht mehr?«, fragte Tom.

»Ich habe nie gesagt, dass ich dich liebe«, sagte Tina. »Wir haben *einmal* geknutscht, weil ich dich ablenken wollte. Ich hab nur geschauspielert! Und letzte Nacht ist nix passiert. Ich hab dir in meinem Zimmer eins übergebraten, damit du die Finger von mir lässt.«

Tina hatte Tom k. o. geschlagen? Sie hatte keine unaussprechlichen Dinge mit ihm getan? Endlich mal gute Nachrichten!

»Ich krieg Kopfschmerzen, wenn ich dich nur sehe«, sagte Tina. »Kapier das!«

»Aber ich liebe dich!«, jammerte Tom. »Ich kann dich unsterblich machen.«

»Bist du jetzt ein Vampir oder was? Willst du mich beißen und dann werde ich wie du?«

»Ich werde dich nicht beißen«, sagte Tom, »deine Verwandlung übernimmt *Mutter*.«

»Deine MUTTER?«

»Das passende Stichwort«, sagte Tim und stoppte, denn der Weg endete vor einem Abgrund.

Jetzt war der richtige Zeitpunkt, zuzuschlagen! Wenn ich Tim einen Schubs gab, würde er in die Schlucht stürzen. Aber er hielt noch Tina am Oberarm fest.

Tim ließ Tina los. Okay, JETZT war der richtige Zeitpunkt, ihn zu schubsen. Allerdings hatte er auch noch das

Tablet. Verdammt! Doch würde ich ihn wirklich schubsen, wenn er das Tablet nicht hätte?

Tim holte mit dem Kopf aus und warf ihn in die Schlucht. »Schöne Grüße an Mutter!«, rief er.

»Aaaah!«, schrie Tom leiser werdend, während er im Abgrund verschwand. Schockiert starrte ich ihm nach. Tim war wahnsinnig, ich musste unbedingt meine Hände freibekommen. Ich versuchte es mit aller Kraft und langsam gab der Klebstoff nach. Mit einem schmatzenden Geräusch war ich frei, da bemerkte ich, dass Tim in die Hocke ging. Nein, das war mehr als eine *Hocke*. Sein Körper schien sich zu verflüssigen und wurde flach und breit. Plötzlich sprang er meterhoch in die Luft wie ein Flummi, nahm wieder seine normale Form an, machte einen Rückwärtssalto und stand plötzlich hinter uns. Wie krass war das denn? Tim schubste Tina mit beiden Händen. Mit einem Schrei stürzte sie in die Tiefe. Ich griff noch nach ihr, doch zu spät. Ich musste mit ansehen, wie sie in den sicheren Tod stürzte, da spürte ich einen harten Schlag am Rücken. Meine Füße rutschten weg. Ich wirbelte herum. Meine jetzt freien Hände griffen nach Tim und packten etwas, da trat er gegen mein Schienbein. Jetzt folgte ich Tina in den Abgrund. Ich sah noch Tims breites Grinsen.

»Sowas überlasse ich nicht noch einmal den Drillingen«, lachte er.

Ich landete mit einem lauten Knall, der mir alle Luft aus den Lungen presste, auf dem steinharten Boden.

»Verdammt!« Ich sprang auf und sah zu der irrsinnig hohen Felswand hinauf. »Du mieser Dreckskerl!«, schrie ich. »Wenn ich dich erwische, dann bring ich dich um!«

Erst jetzt bemerkte ich, dass mir nichts wehtat. Nur in meiner Brust spürte ich das ständige Kribbeln. Da wurde es mir schlagartig bewusst.

»Der magische Blitz!« Natürlich, ich hatte göttliche Zauberkraft in mir. Vielleicht war ich deshalb unverwundbar? Wie cool war das denn? Meine Freude über mein Überleben währte aber nur kurz, als ich mich an Tina erinnerte. Wo war sie? Da bemerkte ich einen Körper im Schatten eines Felsen.

»Tina!«

Ich rannte zu ihr. Meine Kehle schnürte sich zusammen, als ich sie sah. Sie lag reglos auf dem Bauch in einer riesigen Blutlache. Ich kniete mich neben sie und drehte sie um. Sie war schlaff und leblos. Mit zitternder Hand berührte ich ihren Hals und wartete auf einen Puls. Nichts. Ich blinzelte Tränen weg. Tim hatte Tina umgebracht!

Was machen die in den Filmen immer? Mund zu Mund-Beatmung! Herzmassage! Ich drückte mit flachen Händen fest auf ihren Brustkorb und mit einem gruseligen Röcheln kam Blut aus ihrem Mund.

Ich bekam Panik, meine Hände zitterten. Wieder fühlte ich ihren Puls, doch da war nichts! Wieso wollte ihr Herz nicht schlagen? Ihr Herz sollte verdammt nochmal wieder schlagen! Das musste doch möglich sein! In den Filmen klappte das doch auch immer! Da fühlte ich wieder das Kribbeln in mir. Es wurde stärker und machte sich plötzlich auf den Weg. Es wanderte durch meinen Arm in meine Hand und verließ mich in Richtung Tina.

»Die Zauberkraft! Natürlich, die hat mich doch auch gerettet!«

Ich spürte, dass meine Zauberkraft Tina heilte. Aber meine Magie war begrenzt und ich hatte auch nur ein *drittklassiges* Wunder frei. Wie sollte ich denn meine zahllosen Probleme lösen, wenn ich keine Magie mehr hatte? Zählte meine eigene Rettung schon mit? Konnte ich die Zauberkraft vielleicht aufteilen? In kleine Häppchen, in Mini-Wunder? Tina sah mittlerweile schon viel weniger tot aus. Vielleicht genügte das ja schon, um sie zu retten? Ich versuchte, meine Hand vorsichtig wegzuziehen, doch sie klebte an ihr fest. Jetzt spürte ich, wie Wärme in meiner Brust aufstieg. Mir wurde immer heißer. Ich verbrannte innerlich, schwitzte aus allen Poren und meine Haare klebten an mir. Ich bekam keine Luft mehr und mir wurde schwarz vor Augen.

Was sollte das denn? Ich musste mich hinlegen wie ein Opa nach zu vielen Treppenstufen? Das war echt nicht cool. Ein Held musste die Kontrolle über die Situation haben. Immer und jederzeit! Ich wusste, dass ich nie und nimmer so cool wie mein Vater sein werde. Er hätte Tim überwältigt, noch bevor er Tina in den Abgrund gestoßen hätte. Ich hingegen ließ mich einfach hinterher schubsen. Mist!

»John!«

Ich öffnete die Augen. »Tina! Du lebst!«

Tina kniete neben mir. Das ganze Blut war verschwunden, sie sah aus wie frisch geduscht. Sogar ihre Brille war heil.

»Wieso bin ich unverletzt?«, fragte sie und half mir auf die Beine.

Ich klopfte mir den Dreck von den Sachen. »Meine Zauberkraft hat dich geheilt. Du warst tot.«

»Wie krass ist das denn?«, fragte Tina. »Danke! Ich meine, du wolltest mit deiner Zauberkraft doch eigentlich Charleen retten. Und jetzt rettest du die verrückte Tina. Echt nett von dir.«

»Ich musste nicht eine Sekunde überlegen«, sagte ich mit stolzgeschwellter Brust.

Plötzlich fasste sie mich an den Schultern und küsste mich direkt auf den Mund. »Du bist ein echter Held.«

Ich räusperte mich und wurde rot.

Ihre Hand berührte meine heiße Wange. »Du bist süß«, sagte sie und zwirbelte sich eine Haarsträhne.

In meinem Kopf ging der Rote Alarm los. Meine Gedanken wirbelten durcheinander. Charleens Gesicht flackerte auf. Ihre blauen Augen und goldenen Haare. Aber warum sah ich sie jetzt? Ich war doch gar nicht mit ihr zusammen. Wenn Tina mich küsst, dann war das völlig okay. So ein heißes Mädchen wie Charleen hatte bestimmt Erfahrungen. Und Erwartungen! Ohne eigene Erfahrungen konnte ich mir Charleen abschminken. Doch ich könnte ja zuvor bei Tina Küssen lernen ... Ja, das war's. Ich mache einen Knutschkurs bei Tina!

Tina richtete sich ihr verrutschtes T-Shirt.

»Oh scheiße!« Sie tastete über ihren nackten Bauch.

»Was ist denn?«

»Das Wunder hat mich komplett repariert«, sagte Tina. »Sogar mein Piercing ist verschwunden. Guck mal.« Sie zog ihr Shirt hoch und zeigte ihren Bauch. Mein Herz wummerte los, als wäre ich hundert Stockwerke hochgerannt.

»Ist doch krass«, sagte Tina und betrachtete sich. Sie hatte einen echt hübschen Bauch mit einem kleinen, versenkten Nabel.

»Gott steht offenbar nicht auf Piercings. Das muss ich in mein Tagebuch schreiben, wenn ich denn eins schreiben würde.« Sie kicherte, dann griff sie nach meiner Hand.

»Hier, fass mal an. Da ist keine Narbe mehr zu spüren.«

Ich berührte vorsichtig ihren Bauch. Der Rote Alarm dröhnte und mein Körper stand kurz vor der Explosion.

»Mutter«, schrie Toms Stimme wie aus der Gruft, »komm zu mir!«

Toms Kopf lag ungefähr 20 Meter entfernt von uns, direkt vor einem Höhlenausgang. Draußen war der Waldsee, auf dem sich der Mond spiegelte. Tiefe Spuren führten von hier zum Ausgang. Es waren Dinosaurierspuren. Unser T-Rex war aus der Höhle geflüchtet!

»Mutter!«, schrie Toms Kopf und seine Stimme klang wie ein Zombie auf Nahrungssuche.

Auf dem Wasser bewegte sich eine dunkelgrüne Flüssigkeit hin und her. Das Zeug schwappte an Land und kam wie eine große Schleimwelle näher, dann schoss es senkrecht in die Höhe. Es reichte bis zur Felswand hoch, von der Tina und ich gestürzt waren. Das Ding sah wie ein Riesenkrake aus grünem Wackelpudding aus und hatte ein Maul mit zahllosen Zähnen.

Es war das Monster aus meinem Albtraum! Plötzlich löste sich ein langer Tentakelarm, peitschte auf Toms Kopf zu und packte ihn.

»Alter!«, keuchte ich. »Was ist das?« Ich bekam eine Gänsehaut über meine schon vorhandene Gänsehaut.

»Das Seeungeheuer«, schrie Tina und zog an meinem Arm. »Wir müssen hier weg!«

Die Schlucht bestand aus zwei steilen Felswänden. Hochklettern würde nicht klappen, weil sie mit glitschigem Schleim überzogen waren. Es gab daher nur zwei mögliche Richtungen und in der einen war ein Tentakelmonster, das uns fressen wollte.

Wir rannten los und dabei stolperte ich über das Tablet.

»Das passt ja«, rief ich und schnappte es mir.

Unsere Flucht endete nach wenigen Metern in einer Sackgasse. Das Monster, das sich mit einem gluckernden Geräusch bewegte, kam näher.

»Da ist was!«, schrie Tina und zeigte auf eine Spalte in der Felswand. Wir entdeckten eine Nische, quetschten uns hinein und folgten einem Pfad.

Der Weg wurde breiter und wir rannten los, da knallte ich in vollem Lauf gegen ein Hindernis.

Ich sah Sternchen, fiel aber nicht ohnmächtig um. Immerhin. Aber wogegen war ich gerannt? Da war doch nichts!

Tina machte Bewegungen wie ein Pantomime, der so tat, als wäre vor ihm eine Glasscheibe. Ich berührte den Bereich vor uns, da fühlte ich einen Widerstand. Vor uns war tatsächlich eine unsichtbare Wand!

Das gluckernde Geräusch des Monsters wurde lauter.

»Da ist eine Öffnung!«, rief Tina. Sie winkte mir zu, dann löste sie sich in Luft auf.

»Tina!«, schrie ich erschrocken und rannte zu der Stelle, wo sie verschwunden war. Dort sah ich einen schmalen Durchgang, der zu einer offenen Tür führte.

Ich zwängte mich hindurch und schloss die Tür hinter mir. Es war stockfinster. Vor mir blinkten zahllose rote und grüne Lichter in der Dunkelheit. Irgendwas surrte und rauschte. Kalte Luft wehte mir entgegen. Wo war ich? Wo war Tina? Mein Herz klopfte. Gab es hier noch mehr Monster? Monster mit kleinen blinzelnden Augen?

»Es werde Licht«, sagte Tina.

KLACK!

Die Decke schien zu explodieren und ich war schlagartig geblendet. Es war so hell!

Ich rieb meine Augen und als ich endlich wieder sehen konnte, staunte ich nicht schlecht. Links und rechts von uns standen hohe Schränke mit Computern vor verschimmelten Wänden.

»Ein Rechenzentrum«, sagte Tina. »Krass, unter der Burg Grottenfels ist ein Großrechner versteckt.«

Die Server summten und eine Klimaanlage rauschte.

»Tiiiiiina«, dröhnte Tom von draußen.

»Oh Gott«, sagte ich. »Das Tentakelmonster!« Ich rannte durch den Raum, aber bis auf blinkende Server, einen Schreibtisch mit Monitor und Tastatur und einen Wandschrank konnte ich keinen Fluchtweg finden. Ich riss die Schranktüren auf, doch da waren nur Kabel, eine Computerbrille für 3D-Spiele und Reinigungsmittel. Wir saßen in der Falle!

Ich legte das Tablet auf den Schreibtisch. Jetzt erst sah ich es mir genauer an. Das Display hatte spinnennetzförmige Risse und war schwarz - es war kaputt!

»Tiiina«, rief das Monster von draußen.

»Schieb mal was vor die Tür«, sagte Tina. »Ich versuche, das Tablet zu starten.«

Ich schob einen kleinen Rollcontainer vor die Tür und betrachtete mein Werk unzufrieden. Das sah nicht sehr stabil aus. Vielleicht sollte ich einen der Serverschränke umwerfen? Ich versuchte es, doch die Dinger waren extrem schwer und an der Wand festgeschraubt.

Tina durchwühlte den Wandschrank. »Ja!«

»Eine Geheimtür?«, fragte ich hoffnungsvoll und ging zu ihr.

»Nein, ein USB-Kabel.« Tina nahm das Kabel und schloss das Tablet an den Monitor auf dem Schreibtisch an. Der Monitor war gleichzeitig auch ein PC. Sie drückte auf den Schalter und der Monitor leuchtete auf. »Krass, der PC war nur im Standby und der Direktor hat kein Passwort vergeben.«

Das Tablet leuchtete ebenfalls auf. Eine blinkende Zwei erschien, die sich kurz darauf in eine Drei verwandelte. Charleen und Willy hatten wieder eine Chance!

»Tina«, sagte Tom direkt hinter uns. Ich drehte mich langsam um, dabei richteten sich alle meine Härchen auf. Toms Kopf klebte am Ende eines Tentakels, das sich durch die offene Tür schlängelte. Der Rollcontainer war offensichtlich kein großes Hindernis gewesen. Toms Augen traten weit aus ihren Höhlen und dicke Venen pulsierten in seinem Gesicht. Er fixierte Tina wie ein Psycho!

»Ich liebe dich!«, rief Tom. »Mutter sagt, dass das nicht ohne Grund passiert ist.«

»Aha«, sagte Tina krächzend. Ihre Hand griff nach meiner und drückte sie.

»Der Grund war, dass ich deine guten Gene gespürt habe. Mutter braucht deine Erbinformationen, um zu überleben. Ich bitte dich von ganzem Herzen, schenke mir deine Gene.«

Während er sprach, tänzelte sein Tentakel mit ihm wie eine Schlange bei der Beschwörung hin und her. Mir wurde ganz schwindlig dabei.

»Danke«, sagte Tina, »aber sag deiner Mama, ich möchte meine DNA gerne behalten.«

»Mutter wird deine Gene bekommen, ob du willst oder nicht«, sagte Tom. »Ich mache dir nur ein Friedensangebot. Wenn du sie mir freiwillig gibst, darfst du weiterleben. Wenn nicht, wirst du sterben.«

»Du hattest mich bei *weiterleben*«, sagte Tina. »Wie gebe ich dir meine Gene? Reicht etwas Spucke?«

Tom schloss die Augen und summte vor sich hin. Plötzlich öffnete er sie wieder.

»Sorry, Mutter sagt, dass sie dich auf jeden Fall in ihrem Innern auflösen muss.« Sein Kopf schwenkte zu mir und seine Glubschaugen starrten mich an. »Dich übrigens auch.«

Ich versuchte, so weit wie möglich Abstand von diesem Ding zu bekommen, stieß aber nur mit dem Kopf gegen den offenen und niedrigen Wandschrank.

Tom sah zu Tina. »Weiterleben werdet ihr, aber nicht in euren Körpern, sondern in zahllosen Klonen von euch.«

Grüner Schleim quoll in den Raum und floss über den Boden auf uns zu.

»Was ist das?«, schrie Tina.

»Direktor Jäger nennt Mutter einen *Schleimpilz*. Er hat sie vor Jahrhunderten hier unten entdeckt und mit Gefangenen gefüttert, da bemerkte er, dass sie sich veränderte. Je nachdem, was sie fraß, wuchsen ihr zusätzliche Körperteile. So bekam sie ein Gehirn und entwickelte sich zu diesem wunderschönen Geschöpf.«

Wunderschön, alles klar!

Die Schleimwelle kam näher. Der grüne Glibber war nur noch einen Schritt von uns entfernt.

»Zu jedem Vollmond füttern wir sie mit Ungläubigen«, sagte Tom.

Ich musste Zeitschinden, bevor das Monster noch auf dumme Gedanken kam.

»Was bist du für ein Lebewesen?«, fragte ich. »Bist du auch ein Schleimpilz?«

»Nein, aber Mutter hat mich erschaffen. Sie sagt, sie nimmt die Gene ihrer Nahrung auf und erzeugt daraus Kapseln, die sie an die Höhlendecke klebt. Aus diesen Samen wachsen Pflanzen und die bekommen Früchte. Diese Früchte sind Wesen wie Tim und ich.«

»Du bist 'ne Pflanze?« Tina sah ihn an, dann mich. »Ich hab 'ne Pflanze geküsst, wie krass ist das denn?«

»Ich hab keine Ahnung von Biologie«, sagte Tom. »Der Direktor hat mich und Tim von der Höhlendecke gepflückt und in einer Zuckerlösung in der Badewanne wachsen lassen.«

Igitt!

»Dann besteht ihr aus Zuckerwasser?«, fragte Tina.

Tentakel-Tom nickte.

»Krass«, sagte Tina, »jetzt verstehe ich endlich, warum mein Notebook nicht kaputt war, nachdem ich es dir über die Rübe gehauen habe.«

»Das war nicht nett von dir, aber ich will dir verzeihen«, sagte Tom. »Ich freue mich darauf, auf ewig mit dir verbunden zu sein.«

Der Schleim hatte uns erreicht und wanderte unsere Beine hoch. Was für ein HORRORTRIP!

Panisch durchwühlte ich den Schrank hinter mir nach einer Waffe, dann fiel mir etwas in die Hände. Ich starrte auf die Beschriftung und Hoffnung keimte in mir auf. Ich nahm es, hielt es Tom unter die Nase und sagte etwas, was ich schon lange mal in so einer Situation sagen wollte.

»Hasta la vista, Schleimpilz!«

Ich drückte auf den Knopf der Sprayflasche und weißer Schaum schoss durch die Luft. Er traf Toms Kopf, auf dem sich große Blasen bildeten.

»Aaah!«, schrie Tom. Die Hälfte seines Gesichts schmolz wie Kerzenwachs zu einer grünen Masse zusammen und auch sein Tentakelarm schrumpfte. Das Monster zog sich mit einem schmatzenden Geräusch zurück, verschwand durch die Tür und schloss sie hinter sich.

»Was ...?« Tina starrte auf meine Hand, dann küsste sie mich. »Du bist genial!«

»Danke«, stammelte ich und meinte natürlich das Kompliment. Ein cooler Junge würde sich niemals für einen Kuss bedanken!

»Chlorreiniger«, sagte Tina, »das ist perfekt. Damit machen wir dieses pilzige Tentakelmonster da draußen fert...«

KRAWUMM!

RUMPEL!

ZISCH!

Dann war es still.

»Was war das?«, fragte Tina.

Vorsichtig näherte ich mich dem Ausgang, den Finger am Abzug der Sprühflasche. Langsam öffnete ich die Tür. Felsbrocken versperrten uns den Weg, wir waren verschüttet!

»Was machen wir jetzt?«, fragte Tina. »Wir ersticken hier doch!«

Ich drückte gegen einen Felsen, doch er rührte sich keinen Millimeter.

»Wir sind in der Falle!«, sagte ich.

»Quentin!«, rief Tina. Sie rannte zum Schreibtisch und setzte sich auf einen Stuhl. Ich folgte ihr und stellte mich neben sie.

Das Tablet zeigte einen Ladestand von sechs Prozent. Tina schaltete es ein. Nach mehreren Sekunden blitzte der Bildschirm auf. Leider passierte nichts weiter.

»Verdammt«, fluchte Tina. Sie drückte mehrmals auf den Schalter, doch immer noch geschah nichts.

»Was ist?«, fragte ich.

»Weiß nicht«, sagte Tina und starrte konzentriert auf das Gerät. Sie drückte auf den Einschalter, den Lautstärkeregler und einen dritten Button.

Ein Haufen Text lief über das Display, darüber blinkte *Recovery Mode*. Der PC spielte den Sound, der kam, wenn man ein Gerät einsteckt. Auf dem PC-Bildschirm erschien ein neues Symbol, es war ein gelber Smiley. Darunter stand *Kontrollkonsole*.

»Ich verstehe nicht ...«

»Das ist so krass«, sagte Tina. »Unser Direktor hatte das Tablet schon mal hier angeschlossen! Hier hat er es *gerootet*!«

Tina hatte ihre Nerdbrille nicht ohne Grund.

»Ich habe eine Theorie«, sagte Tina. »Der Direktor hat das Tablet hier gehackt. Hier kann er neue Apps installieren und den Quellcode des Betriebssystems verändern.«

»Quellcode? Moment mal. Meine Eltern jagen gerade einen App-Entwickler, der Quellcode aus einem Schweizer Forschungszentrum gestohlen hat. Unser Tablet kommt aus einem Schweizer Forschungszentrum. Was ist, wenn der Entwickler den Quellcode direkt von diesem Tablet hier hat? Dann wäre der Entwickler ja der Direktor!«

»Deine Eltern jagen einen App-Entwickler?«

Ich erzählte Tina von der Arbeit meiner Eltern.

»Unser Direktor hat eine Mobbing-App programmiert?«, fragte Tina. »Wozu?«

»Keine Ahnung. Vielleicht hat er sich gelangweilt, so als Unsterblicher?«

»Richtig, der Typ ist ja unsterblich. Dann sind diese Hässlichkeiten im Mehrlinge-Flügel er selbst. Er war Ritter, Kreuzritter und Nazi.«

»Ein Nazi, der Schüler fürs Mobben belohnt«, sagte ich. »Krass.«

»Nazis mobben gerne Leute, die sie nicht mögen, das passt doch.«

»Dann mag er mich auch nicht, weil er die App auch auf mich angesetzt hat.«

»Du wurdest gemobbt? Von wem denn?«

»Von meinen Freunden in Berlin.«

»Von deinen Freunden? Wie gemein ist das denn? Was sind das für Freunde?«

»Das waren eigentlich keine echten Freunde. Die brauchten mich fürs Fußball spielen ... Die haben auch ständig andere gemobbt, das hat mich tierisch genervt. Ich hab aber nie was gesagt. Und dann war ich an der Reihe, dank dieser App.«

»Wenn man sich mit solchen Idioten einlässt, ist es immer nur eine Frage der Zeit, bis man auch mal dran ist. Das hat nix mit dieser App zu tun. Ich hänge lieber alleine auf dem Schulhof rum, als mit solchen Kotzbrocken. Vergiss diese Idioten.«

Ich lächelte. Tina war zwar ein bisschen verrückt, aber sie war ehrlich. Ich entschied, dass ich den Roten Alarm für Mädchen bei ihr abschalten konnte.

»Du bist cool«, sagte ich. Doch als ich es gesagt hatte, wummerte mein Herz plötzlich los. War Klappehalten nicht doch sicherer?

Tina sah mich an. Mir war noch gar nicht aufgefallen, was für schöne braune Augen sie hatte. Sie lächelte, dann fuhr sie sich durch ihre langen, schwarzen Haare.

»Ich find dich auch cool.«

Mein Herz wummerte immer stärker.

Tina räusperte sich, dann griff sie zur Maus und klickte auf das Smiley-Symbol auf dem Monitor. Ein Eingabefenster öffnete sich. Sie tippte Befehle ein und studierte die Ausgaben. Ich sah sie von der Seite an. Sie hatte ein schönes Profil. Eine süße Nase. Lange Wimpern. Ihre Bewegungen waren irgendwie ... *anmutig*. Keine Ahnung, wie ich jetzt auf dieses altmodische Wort kam. Ich wollte mehr über sie erfahren.

»Wie bist du eigentlich hier gelandet?«

»Oh, nun ...« Sie sah weiter zum Monitor.

»Du musst es nicht erzählen.«

»Ist schon gut, ich habe es aber bisher niemandem erzählt. Daher ...«

»Ich schweige wie ein Grab!« Ich schloss einen eingebildeten Reißverschluss an meinem Mund.

Tina lächelte. »Alle Jungs in meiner Schule waren in Charleen verknallt. Wirklich alle! Ich kam mir vor wie die Schwester von Supergirl. Dann wollte ich es genauer wissen und hab zwei Fotos öffentlich gepostet. Bilder vom Strand im Bikini. Eins von Charleen und eins von mir.«

»Aha ...«

»Ich wollte mal meinen Marktwert checken, weißt du? Charleen bekam nach nur einer Stunde über 100 Herzchen.« Tina sah nach unten. »Ich bekam keine, stattdessen viele böse Kommentare. Wie konnte ich es wagen, Bilder meiner halbnackten Schwester öffentlich zu posten? Wieso ich in meinem Alter ein Bauchnabel-Piercing habe? Was ich doch für eine *Bitch* bin. Das war ein echter Shitstorm.«

»Alter!«

»Die meisten fanden auch, dass ich scheiße aussehe. Voll fett und zum Abgewöhnen.«

»Die sind doch alle blind«, sagte ich empört. »Ich find, du siehst richtig toll aus. Richtig toll!« Mein Herz pochte und mein Bauch kribbelte.

Tina wurde rot. »Ehrlich?«

Ich nickte.

»Leider ist die Geschichte noch nicht zu Ende. Ein Erwachsener hat Charleens Foto entdeckt und damit eine Google-Bildersuche gemacht. Er hat ein ähnliches Bild von ihr gefunden, das meine Schule von einem Sportfest gepostet hat. Dann hat er ihr aufgelauert. Ein Lehrer hat das glücklicherweise gesehen und die Polizei gerufen.«

»Igitt, das ist ja voll eklig!«

»Mein Vater ist ausgerastet. Er ist Jäger und wollte den Typen erschießen. Stell dir das mal vor!«

»Hat er?«, fragte ich.

»Nein, meine Mutter konnte ihn beruhigen. Sie haben entschieden, uns in dieses Internat abzuschieben. Hier wären wir in Sicherheit vor dem *bösen Internet*.«

»Du Ärmste.«

»Ja ...« Tina nickte. »Ich war noch nie im Leben so lange offline, also, seit ich ein Handy habe. Aber Charleen war noch ärmer dran, denn sie haben sie mit mir zusammen hierher verfrachtet, obwohl sie gar nichts dafür konnte. Und jetzt steckt sie in einem Tablet. Das ist alles meine Schuld. Ich bin 'ne Scheiß-Schwester.«

»Du bist 'ne tolle Schwester«, sagte ich.

»Nein«, sagte Tina, »ich war nicht für sie da, als sie mich gebraucht hat.«

»Aber jetzt bist du für sie da! Wir werden sie und Willy da rausholen. Glaubst du, du kannst sie mit dem Passwort heraus zaubern, wenn wir es hätten?«

»Heraus zaubern, du bist lustig«, lachte Tina. »Ich muss mal sehen.« Sie tippte einen Befehl ein.

```
> LIST LIFEFORMS ON NANO

> PROJECT

> CHARLEEN

> WILLIAM

> JAEGER
```

»Leider kein Quentin. Ich fürchte, der Direktor hat ihn wirklich gelöscht.«

»Was ist denn PROJECT für eine Lebensform? Vielleicht Quentin?«

»Keine Ahnung ... wer weiß.«

»Es wäre schade, wenn Quentin wirklich tot wäre.« Ich hatte diesen lustigen Smiley lieb gewonnen.

»Ich probier mal was aus«, sagte Tina mit einem teuflischen Grinsen.

```
> KILL JAEGER

> ERROR: MIRRORWALL PROTECTED
```

»Mist«, fluchte sie. »Der hat sich abgeschirmt.«

»Wolltest du den Direktor gerade umbringen?«

»Hat ja nicht geklappt.« Sie tippte wieder.

```
> EXIT CHARLEEN TO EARTH NOW

> PASSWORD?
```

»Mist«, fluchte Tina, »das muss dieses Passwort sein, das Willy bei der Installation von Quentin vergeben hat. Wir müssen reingehen und Willy sagen, dass er sich und Charleen mit seinem Passwort ganz einfach dort rausholen kann.«

»Ganz einfach?«

»Ja, er muss nur die Hacken zusammenschlagen und laut rufen: Ich will zurück nach Kansas!«

Ich grinste. »Ernsthaft?«

»Nein, er muss Folgendes sagen:

```
OPEN CONSOLE PASSWORD X

EXIT NAME TO EARTH NOW
```

Der erste Satz muss nur einmal gesagt werden, er öffnet die geheime Kommandokonsole des Digit-Alls. X steht dabei für das geheime Passwort. Danach funktioniert jeder Befehl auch ohne Passwort. NAME steht natürlich ...«

»... für den Namen der Person, schon klar. Warum schreibst du Willy nicht einfach 'ne Mail?«

Tina schüttelte den Kopf. »Das Digit-All ist ein virtuelles Universum, das wie unser Universum funktioniert. Wenn ich ihm 'ne Mail schicke, wie soll das laufen? Erscheint dann ein Engel am Himmel und liest die Mail vor?«

»Wer weiß?« Ich schmunzelte bei der Vorstellung.

»Ich sehe mit meiner Brille vielleicht schlau aus, aber das bekomme ich nicht so schnell hin. Bis mir was eingefallen ist, hat der Direktor ihm schon das Passwort abgeluchst.«

»Gut, dann schick mich hinein.«

»Nein«, sagte Tina, »ich gehe. Ich habe Charleen nicht geholfen, als sie in Not war, das bin ich ihr schuldig.«

»Nein«, widersprach ich, »du kennst dich mit diesem Hackerzeug aus. Vielleicht klappt irgendwas nicht und du musst von hier aus eingreifen.«

Tina überlegte, schließlich nickte sie. »Na gut, dann wirst du jetzt gechippt.«

Ich beobachtete Tina, wie sie tippte, gelegentlich fluchte und dann wieder tippte. Ich wusste, dass ihre Sprüche irgendwie *nerdisch* klangen, aber ich fand sie trotzdem lustig. Manchmal verstand ich sie sogar.

Nach einigen Minuten deutete Tina aufs Tablet. »Wenn du es jetzt berührst, wirst du digitalisiert. Allerdings musste ich etwas improvisieren.«

Ich starrte auf das Tablet. »Wie meinst du das?«

»Quentins Digit-All wird durch eine mächtige Firewall geschützt. Er konnte sie vermutlich ein und ausschalten, aber ich musste mir was anderes einfallen lassen. Ich kann dich daher nicht direkt zu Charleen und Willy auf den Mond Nano schicken. Aber ich habe eine krasse Lösung gefunden, auch ohne Passwort. Die NASA wäre stolz auf mich.«

»Wie komme ich denn jetzt zu den beiden?«

»Weißt du, was *floaten* ist?«

Ich schüttelte den Kopf.

Sie grinste. »Dann lass dich überraschen, außerdem wird es schlimmer als das. Einen Haken gibt es aber noch ...«

»Und welchen?«

»Mehr als 5 Minuten konnte ich dir nicht geben.«

»Wofür? Etwa für den ganzen Trip?«

»Nein, für deine Superkräfte.«

»Du gibst mir Superkräfte? Wofür denn?«

»Um den Trip zu überstehen. Du solltest jetzt aufbrechen. Und denk dran, ich kann zwar nicht mit euch reden, aber ich kann alles sehen und hören. Alles, bis auf den Direktor hinter seiner seltsamen *Mirrorwall*.«

»Wie schön«, sagte ich mit einem mulmigen Gefühl.

Tina stand auf und legte ihre Hand auf meine Schulter.

»Viel Glück!« Sie küsste mich auf die Wange.

Ich bewegte meine zitternde Hand zum Tablet und berührte es. Alles um mich herum verwandelte sich in strahlend helles Licht.

Das Digit-All

Ich war von Licht umgeben, da sah ich plötzlich tanzende Feuerbälle in den Farben Rot, Orange und Gelb. Die riesigen Klumpen schossen in alle Richtungen weg und ich merkte, dass ich mit unfassbarer Geschwindigkeit durch eine Flammenhölle raste, bis ich eine Grenze passierte.

Über mir war es jetzt tiefschwarz und unter mir tobte ein grauenvoller Feuersturm. Von dort schossen grellgelbe Arme hervor, die mir hinterherjagten. Wollte man mich zurückzerren in den Hochofen, dem ich gerade entkommen war? Doch es waren keine Arme, es waren Ringe, die sich aus der Glut hoben, um kurz darauf zu zerreißen und davonzufliegen. Als ich mich weiter entfernt hatte, konnte ich erkennen, wo ich war. Unter mir brodelte eine Sonne! Ich war fassungslos, besonders über Tinas Sinn für Humor. Firewall, haha! Doch ich hatte kaum Zeit, weiter darüber nachzudenken, denn ich raste mit immer höherer Geschwindigkeit auf einen gigantischen Planeten zu. Es war ein Gasriese, der aus meiner Perspektive fast so groß wie die Sonne hinter mir war und ich stürzte auf ihn zu. Als ich durch die gelben und roten Wolken seiner oberen Atmosphäre raste, dachte ich kurz, dass mein letztes Stündlein geschlagen hat.

War das die Überraschung, von der Tina gesprochen hatte? Offensichtlich brauchte ich für diesen Höllentrip Superkräfte. Doch wie viele Minuten waren schon um? Die Wolkenlandschaft unter mir flitzte nur so an mir vorbei, als ich wieder Abstand vom Planeten bekam. Hätte ich nicht abstürzen müssen? Oder hatte Tina die Schwerkraft für mich gleich mit abgeschaltet?

Ich raste auf einen blauen Mond zu, der bis auf einen Bereich um eine Vulkaninsel fast vollständig von Eis bedeckt war. Der Vulkan war riesig! Sein Krater ragte bis ins Weltall hinauf und ich stürzte auf ihn zu! Dann wurde es Nacht.

Ich schreckte hoch. Wo war ich? Über mir schien an einem blauen Himmel eine gelbe Sonne. Ich lag auf warmem Sand, roch Seetang und schmeckte Salz auf meinen Lippen. Ich blinzelte und stand mit dem Stöhnen eines Hundertjährigen auf. Superkräfte hatte ich jetzt mit Sicherheit keine mehr. Der Sand rieselte von meiner nackten Haut. Nackte Haut? Ich war NACKT! Na toll. Was hatte Tina gesagt? »Ich kann alles sehen und hören.« Klasse! Ich hielt meine Hände vor mich und sah mich um.

Nach links und rechts breitete sich ein schier unendlich langer Sandstrand aus. Das Wasser war kristallklar und ich konnte bis auf den Grund sehen. Am Horizont sah ich eine riesige Eiswand aufragen, die um die ganze Insel ging (so hatte ich es vom Weltall aus gesehen). Landeinwärts erschlug mich der Anblick des gigantischen Vulkans beinahe. Davor war eine steinige Ebene, die von grünen Büschen mit großen Blättern bewachsen war.

Ich hatte sofort eine Idee. Ich nahm etwas Seetang und verdrehte ihn zu einem Seil, dann pflückte ich einige Blätter und nach kurzer Zeit hatte ich mir einen Lendenschurz gebastelt. Ich grinste vor Stolz, da hörte ich etwas hinter mir rascheln. Ich war nicht allein! Sofort bekam ich eine Gänsehaut am ganzen Körper.

Mit klopfendem Herzen ging ich ein paar Schritte auf eine Düne, aber da war nichts. Kein wildes Tier, das mich beobachtete und auf einen günstigen Augenblick für den tödlichen Angriff wartete. Doch was war das? Irgendetwas bewegte sich zwischen den Büschen. War es der Wind? Ich ging vorsichtig näher. Jetzt nicht daran denken, dass ich auf einem fremden Planeten war. Auf einem Planeten mit unbekannten Gefahren und sicherlich mit ganz grauenvollen Monstern ... Oh Gott, ich war nackt allein mit Monstern!

Ein Huschen ging durch die Büsche, dann sah ich sie. Es waren ungefähr zwanzig gelbe Kugeln in der Größe von Tennisbällen, die aus dem sandigen Boden schossen. Sie hüpften wie Flummis auf und ab. Ich ging neugierig näher und sah mir einen dieser Tennisbälle genauer an. Es war ein vogelartiges Tier mit einem dichten, gelben Flaum. Ich musste sofort an Küken denken, doch diese Wesen hatten einen viel breiteren Schnabel.

Plötzlich hatte ich eine Idee. Die hüpfenden Tennisball-Vögel ähnelten einem Smiley. Wer war der Gott dieses Universums? Ein Smiley! Hatte sich Quentin einen göttlichen Scherz erlaubt und Lebewesen erschaffen, die ihm ähneln? Oder hatte er sich Angry Birds installiert?

»Ihk!«, schrie ein besonders schnell auf und ab springendes Wesen mit drei roten Federn am Kopf. Es hüpfte in die Vulkanlandschaft davon und die anderen Tennisbälle folgten ihm. Eines der Wesen war langsamer und verfehlte den Anschluss zu seinen Artgenossen. Es humpelte noch einige Zeit weiter, dann setzte es sich mit einem Seufzen auf den Boden. Ich beugte mich zu ihm hinunter und lächelte ihm zu.

»Nicht aufgeben«, sagte ich, doch der kleine Kerl verstand mich nicht. Ich entschloss mich, ihn vorsichtig hoch zu nehmen. Er ließ es geschehen und kuschelte sich an mich. Der Knirps war echt süß und es war schön, nicht mehr so alleine auf diesem fremden Planeten zu sein.

Ich ging weiter ins Landesinnere. Die Dünen wichen seltsamen, glatt polierten Felsen. Was hatte dieses Vulkangestein in so glänzenden Marmor verwandelt? Oder gab es hier Menschen? Doch was machte ich mir Sorgen, ich war barfuß und so verletzte ich mir wenigstens nicht die Füße.

Ohne Vorwarnung wurde es schlagartig Nacht und der Tennisball kuschelte sich enger an mich. Es war nicht stockfinster, es war eher so wie bei Dämmerung, wenn die Sonne gerade erst untergegangen war. Ich drehte mich zum Meer und erschrak. Ein gigantisches Monstrum schob sich über den ganzen Horizont und verdeckte die Sonne. Es war der Gasriese. Der Planet leuchtete auch auf seiner Nachtseite. Blitze zuckten durch seine Atmosphäre und einige schossen sogar durch das Weltall auf benachbarte Monde. Es war ein unglaublicher Anblick, doch noch unglaublicher war das Gefühl in meiner Magengegend. Mir war übel und ich spürte eine merkwürdige Anziehung zu diesem Giganten am Himmel. Zudem nervte mich das laute Dröhnen, das vom Meer kam. Ich sah runter und mein Herzschlag setzte aus, denn ein Tsunami raste auf mich zu! Die Flutwelle konnte jede Minute hier sein, ich musste weg!

»Tina!«, schrie ich zum Himmel. »Mach doch was!« Die Welle kam näher und wurde dabei immer lauter. Hatten die Tennisbälle sie gespürt und waren deshalb verschwunden? Wohin waren sie überhaupt gehüpft? Tiere spüren ja meist solche Gefahren und auch der kleine Vogel in meiner Hand zitterte vor Angst. Vielleicht kannten seine Artgenossen einen Fluchtweg? Ich musste ihnen folgen, aber in jedem Fall musste ich vom Meer weg und höher hinauf. Ich entdeckte kleine Fußabdrücke auf dem feuchten Steinboden und folgte ihnen.

Ich rannte eine leichte Steigung hinauf, doch nach kurzer Zeit bekam ich heftiges Seitenstechen. Ich machte eine kurze Pause und warf einen Blick zurück. In diesem Moment verstand ich, warum man das bei Gefahr nicht tun sollte. Man erstarrt zur Salzsäule - vor Angst! Die Welle erreichte mit lautem Krachen das Festland und donnerte fast ungebremst weiter. Ich hatte nur noch wenige Sekunden zu leben!

»Piep!«, machte mein gefiederter Begleiter und »Pieppiep«, antwortete jemand. Ich drehte mich um und traute meinen Augen nicht. Links von mir lag ein metallisch glitzernder Felsen, der so groß wie eine Matratze war. Auf ihm saßen eng aneinander gekuschelt die Tennisball-Geschöpfe von vorhin. Die circa 20 Vögel sahen mich mit großen Kulleraugen an.

»Piep!«, kreischte der Anführer mit seinen drei roten Federn auf dem Kopf. Er sah zuerst mich und dann die metallisch glänzende Plattform eindringlich an. »PIEP!«

»Na schön«, sagte ich, setzte den Vogel auf der Plattform ab und hockte mich zwischen sie. Ich spürte ein Kribbeln in meinen Händen und Füßen, als ich den Stein berührte. Meine Haare stellten sich senkrecht und ich fühlte mich elektrisch aufgeladen. Dies beobachtete ich auch bei den Vogelwesen, deren Federn offenbar abhauen wollten. Leider konnte ich mich nicht weiter auf diesen lustigen Anblick konzentrieren, weil die Flutwelle mit lautem Tosen immer näher kam. Ich sah mich ein letztes Mal verzweifelt nach einer Fluchtmöglichkeit um, doch es gab weit und breit nichts!

Plötzlich starrten alle Vögel wie gebannt nach oben. Ein blauweißer Mond raste mit hoher Geschwindigkeit über den Himmel. Ein Blitz zuckte, dann ein weiterer. Er traf uns und vor meinem geistigen Auge sah ich kurz in meine düstere Zukunft. Zusammen mit flauschigen Kükenwesen würde ich als blitzgerösteter, qualmender Haufen Asche enden, fortgespült von einer Flutwelle auf einem Eismond in einem digitalen Universum. Meine Eltern würden nie erfahren, auf welche Weise ihr geliebter Sohn ins Gras gebissen hat. Nackt! Echt deprimierend! Ich fand schon, dass sie das erfahren sollten, zumal sie ja nicht ganz unschuldig daran waren.

Ich spürte, wie der Blitz einschlug, den Felsbrocken unter mir hochriss und ins Weltall schleuderte.

Der Höllentrip nahm kein Ende. Ich flog durchs Weltall und raste auf einen Mond zu. Offenbar hatte Tina alles beobachtet und mir wieder fünf Minuten Superpower verliehen, denn sonst wäre ich schon lange tot. Ich fühlte keine Hitze oder Kälte, doch mir drehte sich der Magen um, als ich in das Schwerefeld des Mondes kam. Ich war kurz schwerelos und trieb mit den Tennisbällen im All umher, dann schossen wir nicht mehr nach oben, sondern stürzten nach unten. Unsere Plattform verwandelte sich in einen Hitzeschild und wir kauerten uns eng aneinander, als das tosende Feuermeer an den Rändern der Plattform losbrach. Die Achterbahnfahrt endete mit einem gigantischen Knall, als wir auf dem Mond aufschlugen. Plattform und Vögel verschwanden und ich sah nur noch weiße Luftblasen. Danach konnte ich nichts mehr hören, bis auf das dumpfe Pochen meines Herzens.

Da spürte ich schlagartig wieder etwas. Kälte! Wasser! Ich bekam keine Luft, ich ertrank! Ich strampelte wild herum. Wo war oben? Wo war unten? Wo sollte ich hinschwimmen? Etwas griff nach mir und zog mich mit sich. War es ein Raubfisch, der mich weiter in die Tiefe schleppte? Endlich erkannte ich Licht. Jemand zog mich nach oben. Es war ein Mädchen mit langen Haaren, die im hineinfallenden Sonnenlicht golden schimmerten.

Wir schossen gemeinsam an die Wasseroberfläche und japsten nach Luft.

»John«, keuchte Charleen. »Gott sei Dank, du lebst!«

Wir schwammen an Land, doch bevor ich zu weit aus dem Wasser ragte, blieb ich stehen. Mein Lendenschurz war weg.

Charleen lächelte. »Ich hol dir was zum Anziehen.«

Sie stieg aus dem See und das Wasser perlte an ihren langen Beinen ab. Offensichtlich ging es ihr gut, denn sie sah nicht so aus, als wäre sie vor Kurzem noch fast verhungert. Sie sah umwerfend aus! Sie trug ein rosafarbenes T-Shirt und helle Shorts. Ihr nasses Shirt klebte an ihrer Haut ... Ich musste schnellstens woanders hinsehen, denn sonst könnte ich das Wasser für sehr lange Zeit nicht verlassen.

Sie ging zu einem Lagerfeuer am Rand eines Waldes, holte etwas und legte mir Sachen ans Ufer. In Rosa!

»Ich suche Feuerholz«, sagte sie und verschwand im Wald.

Ich stieg aus dem See und betrachtete frustriert die Mädchenklamotten. So musste sich ein jüngerer Bruder fühlen, wenn er die alten Sachen seiner Schwester tragen sollte. Ich schlüpfte hektisch in die rosa Shorts. Natürlich fiel ich dabei um.

»Mist!«, schimpfte ich und zog mich im Sitzen weiter an. Die Shorts waren zu eng und das T-Shirt zu kurz.

Ich zog es vor, in der Nähe von hübschen Mädchen mit stabilen Jeans herumzulaufen. Jeans, mit denen man ein Auto abschleppen könnte und die jedem Druck standhielten. Doch ich hatte nur ein rosa Höschen!

Charleen war noch nicht zurück, daher ging ich zügig zum Lagerfeuer und setzte mich davor. So bald wollte ich in diesem Outfit auch nicht mehr aufstehen. Ich würde einfach am Feuer sitzen bleiben. Für immer.

Ich wärmte mich am knisternden Feuer und sah mich um. Der See lag in einer Parklandschaft mit Wiesen, Bäumen und Hügeln. Wir waren in einem Tal, das von schneebedeckten Bergen umgeben war. Ohne diesen Science-Fiction-Himmel mit Gasriesensichel und mehreren Monden wären wir wohl in Bayern und nicht in einem Computer-Universum. Vermutlich hatte Quentin zu viele Heidi-Folgen gesehen, als er diese Welt erschaffen hat.

Charleen kam aus dem Wald zurück. Sie legte einige Äste neben das Lagerfeuer und setzte sich zu mir.

»Ich habe dich erwartet«, sagte sie. »Quentin hat mir in einem Traum erzählt, dass du kommst und mich rettest. Hattest du einen angenehmen Flug?«

»Etwas holprig«, sagte ich. »Ich bin froh, dass es dir gut geht.«

»Das habe ich dir zu verdanken«, sagte sie. »Wenn du mir nicht geglaubt hättest ... Du hast mich gerettet.«

»Noch sind wir hier nicht raus«, sagte ich. »Außerdem hast du mir auch gerade das Leben gerettet.«

»Gern geschehen.«

Ich blickte zum See. »Ist schon verrückt, dass ich genau hier bei dir gelandet bin.«

»Hier landet alles«, sagte Charleen. »Ich bin auch so angekommen. Ich glaube, am Grund des Sees liegt ein riesiger, magnetischer Meteorit.«

»Wie kommst du darauf?«

»Wenn der Nachbarmond am Himmel entlang rast, stürzen Meteoriten in den See. Einige kleine habe ich im Wald gefunden.« Sie griff in eine aus Schilf geflochtene Tasche und holte einen metallisch glitzernden Stein heraus. »Und jetzt pass mal auf.« Sie stand auf und holte aus. Dann warf sie den Stein senkrecht in die Luft. Er schoss hoch, änderte die Richtung und flog in einem Bogen zum See. Dabei beschleunigte er so stark, dass sein Aufschlag auf dem Wasser gewaltig war.

»Cool!«, sagte ich.

»Manchmal tauchen nach einem Meteoritenabsturz kugelige gelbe Vögel aus dem See auf. So wie jetzt.«

»Was?« Ich sah zum See. Dort spazierten meine Vogelfreunde im Gänsemarsch aus dem Wasser, schüttelten sich ihr Gefieder trocken und marschierten in den nahen Wald. Einer humpelte etwas und kam zu mir. Ich stand auf und ging ihm entgegen.

»Piep«, machte er.

»Da bist du ja wieder!«, rief ich und nahm ihn vorsichtig hoch. »Dein Name ist ab jetzt Smiley, okay?«

»Piep!«

»Ich hab mal einen Vogel gesund gepflegt«, sagte Charleen. »Bring ihn mal her.«

Ich gab Smiley Charleen und sie schaute sich sein kleines Beinchen an. Vorsichtig hielt sie ein Stöckchen daran und befestigte es mit trockenem Schilf. »Piep«, machte er und kuschelte sich an sie.

»Er mag dich«, lachte ich.

»Die sind schon süß«, sagte Charleen. »So kuschelweich.« Sie streichelte ihm durch sein flauschiges Gefieder. »Es wird bald Nacht, dann wird es kalt.« Sie setzte Smiley auf den Boden. »Geh zu deinen Freunden, die wissen, wo ihr die Nacht gut übersteht.« Smiley piepste nochmal, dann humpelte er seinen Artgenossen hinterher.

Die Sonne ging langsam unter und die ersten Sterne wurden sichtbar. Es kam ein frischer Wind aus den Bergen. Ich fröstelte und rutschte näher an das Feuer heran.

»Wir müssen Willy finden«, sagte ich. »Er ist auch hier.«

Charleen ließ den Kopf sinken. »Dafür ist es zu spät. Ich sammelte gerade Feuerholz, als ich zwei Meteoriten aufschlagen hörte. Als ich aus dem Wald gerannt kam, sah ich nur noch, wie ein schwarzer Ritter sich mit Willy weggezaubert hat.«

»Was meinst du denn damit?«

»Ritter packt Willy. Lichtblitz. Ritter und Willy sind verschwunden.«

»Alter!«, sagte ich. »Wie hat er das denn angestellt? Hast du eine Idee, wo er ihn hingebracht hat?«

Charleen schüttelte den Kopf. »Vermutlich sind sie außerhalb des Tals, aber da kommen wir nie hin. Die Berge um uns herum sind riesig.«

»Oh.«

»Wir könnten Quentin um ein Wunder bitten«, sagte Charleen. »Weißt du, dass ich an meinem ersten Tag hier auch nackt war?«

Ich wurde schlagartig knallrot.

»Ich sah zum Himmel und bat Quentin um Kleidung. Kurze Zeit später kamen gelbe Vögel mit mehreren Shirts und Hosen aus dem Wald geflattert. Wie in einem Disney-Film.«

Quentin hatte wirklich Sinn für Humor. Schade, dass der Direktor ihn ...

Charleen sah zum Nachthimmel. »Quentin, wenn du mich hörst, wir könnten deine Hilfe gebrauchen ...«

»Charleen«, unterbrach ich sie, »ich muss dir was sagen. Also, der Direktor, er hat Quentin ermordet.«

»So ein Quatsch, das geht doch gar nicht. Und was hat der Direktor damit zu tun?«

»Der schwarze Ritter ist der Direktor«, erzählte ich. »Er ist ein unsterblicher Kreuzritter und er hat Quentin dazu gebracht, dir ein neues Universum zu schenken. Jetzt will er eine Handvoll Auserwählter hierher bringen und dann unser altes Universum durch das Digit-All ersetzen.«

»Das würde Quentin niemals zulassen!«

»Er hat ihn gelöscht, er ist tot.«

»Das kann ich nicht glauben. Quentin kann nicht tot sein, das ist unmöglich!«

»Leider doch ...«

»Das ist alles so furchtbar!« Charleen ließ den Kopf hängen und weinte.

»Es tut mir leid.« Ich berührte sanft ihre Schulter, da funkte es zwischen uns. Im wahrsten Sinne des Wortes! Mein Arm flog zurück und meine Hand brannte wie Feuer.

»Was war das?«, keuchte Charleen. Sie rieb sich ihre Schulter. Ihr Shirt war an der Stelle, wo ich es berührt hatte, schwarz angesengt. Es roch verbrannt.

»Vielleicht bist du immer noch ein Geist?«

»Nein.« Sie schüttelte den Kopf. »Das ist anders. Es ist, als würden wir uns abstoßen.« Sie kam mit ihrer Hand näher und Funken sprangen über. »Ja, wir stoßen uns ab.«

Wieso sollten Charleen und ich uns abstoßen? Da hatte ich eine Erkenntnis. Leider hatte ich kein gutes Pokerface.

»Was ist los?« Charleen funkelte mich an. Jetzt sah sie wieder so wütend aus wie damals am See.

»Es könnte Tina sein ...«, stammelte ich.

»Wieso?«

»Tina sitzt an der Kontrollkonsole«, erklärte ich.

»Was für eine Konsole?«

Ich berichtete Charleen von meinen Erlebnissen seit ihrem Verschwinden. Die Knutscherei mit Tina ließ ich natürlich weg.

»Dann ist jetzt Tina der Gott dieser Welt?«, fragte Charleen.

Ich nickte.

»Und was hat sie dagegen, wenn wir ...« Charleen kam näher und Funken sprangen über.

»Keine Ahnung«, log ich. Natürlich hatte ich eine Ahnung. Tina war (warum auch immer) eifersüchtig.

»Du weißt doch mehr«, zischte Charleen. »Was läuft mit dir und Tina?«

»Nix«, krächzte ich. Ich warf einen ängstlichen Blick nach oben.

Am Himmel zogen Gewitterwolken auf, ein entferntes Grollen kündigte nichts Gutes an. Ich erwartete jede Sekunde einen Blitz, der mich grillte.

»Ich fasse es nicht!«, schimpfte Charleen und sprang auf. »Hat sie dich geküsst?«

Ich stammelte etwas wie »kannmichnicherinan«.

Eine starke Windbö blies unser Lagerfeuer fast aus. Ich bekam Asche und Funken ins Gesicht und musste husten.

Charleen raufte sich die Haare. »Tina küsst jeden, der nicht bei Drei auf einem Baum ist!«

Ein Blitz zuckte über den Himmel. Es donnerte heftig.

»Tina macht nur Ärger! Erst hetzt sie mir einen Stalker auf den Hals und dann werde ICH dafür bestraft und muss ins Internat!« Charleen nahm einen trockenen Ast und stocherte im Feuer herum, als wollte sie es erstechen. »Und dann brauche ich einmal, ja EINMAL, in meinem Leben ihre Hilfe und was tut sie? Sie ignoriert mich, redet schlecht über mich und lässt mich einfach verrecken.« Charleen sah zum dunklen Himmel hinauf. »Ja, du wolltest mich verrecken lassen! Ich wäre verhungert und es war dir scheißegal! Auf so eine Schwester kann ich verzichten! Wenn ich hier raus bin, werde ich verschwinden. Du wirst mich nie wiedersehen.«

Charleen setzte sich hin und vergrub ihr Gesicht in den Händen. Sie weinte.

Ich wartete auf den alles vernichtenden Gewittersturm, doch stattdessen verzogen sich die Wolken und der Himmel wurde wieder sternenklar. Ich versuchte, Charleen zu trösten, doch ich verpasste ihr nur noch einen weiteren Stromschlag.

»Tut mir leid«, sagte ich.

»Schon okay«, sagte Charleen. Sie wischte sich die Tränen weg und sah mich an. »Tina glaubt offenbar, dass du in mich verknallt bist.«

Ich wurde rot.

»Du bist ein total netter Junge und wenn du ein paar Jahre älter wärst ... Mach dir bitte keine Hoffnungen, okay?«

Ich nickte langsam. Lieber Gott, lass mich diese Szene überspringen. Schneller Vorlauf, bitte!!!

»Aber«, sagte sie und sah nach oben (zu Tina?), »ich sehe einige Dinge lockerer als andere Mädchen. Ich möchte mich bei dir bedanken. Du bist zwar nicht mein Typ, aber du bist trotzdem sehr süß. Wenn wir hier raus sind, verbringe ich eine Nacht mit dir.«

MEGAROTER ALARM!

»Aha«, krächzte ich. Ob sie das ernst meinte? Oder sagte sie das nur, um Tina zu ärgern?

Charleen fuhr sich durch ihre goldenen Haare. »Ich kann dir versprechen, dass du die Nacht mit mir niemals vergessen wirst.« Dann sah sie wieder zum Himmel. »Es wird göttlich werden.«

Irgendwann schlief ich ein. Ich schwebte über den Wolken. Über mir war blauer Himmel und ich flog auf die Sonne zu. Aber war es die Sonne? Nein, es war eine gelbe Kugel mit einem Gesicht. Es war Quentin!

»Hallo John«, sagte Quentin.

»Ist das ein Traum? Lebst du noch?«

»Es ist ein Traum und ich lebe noch.«

»Aber der Direktor hat dich gelöscht!«

»Gelöscht, aber nicht *gekillt*.«

»Was meinst du?«

»Wenn du ein Programm von der Festplatte löschst, das noch läuft, bleibt es im Hauptspeicher aktiv.«

»Okay ...«

»Erst wenn du das aktive Programm killst, ist es weg.«

»Und du bist noch nicht weg?«

»Ich bin noch da. Ich bin ein Zombie.«

»Wie schön für dich.«

Ob ich das alles wirklich erlebte? Vielleicht war mein GANZES Abenteuer ja ein Traum? Ich schlief und hatte vergessen, den Fernseher auszumachen, in dem eine Doku über Supercomputer und das menschliche Gehirn lief. Und über Schleimpilze, denen bei Vollmond Tentakel wachsen. Zwischendurch kam Werbung mit Frauen, die die Nacht mit mir verbringen wollten.

Quentin erzählte weiter. »Es ist leider keine schöne Form der Existenz. Ich kann noch Großes bewirken, aber nichts Kleines. So könnte ich den ganzen Ort zerstören, wo der Direktor sich verbirgt, doch Willy kann ich nicht retten.«

»Dann können wir Willy nicht befreien?«

»Ich vermag das nicht, doch du kannst es. Allerdings benötigst du besondere Kräfte, um durch die Mirrorwall zu kommen. Dafür erhebe ich dich zu meinem Erzengel und gebe dir hiermit die göttliche Macht des *Kreativmodus*.«

»Kreativmodus? Ernsthaft?«

»Ja, du kannst ab sofort unbelebte Dinge erschaffen und zerstören.«

»Cool.«

»Dir bleibt nicht mehr viel Zeit, der Direktor wird das Passwort bald haben und dann wird er dein Universum mithilfe meines Digit-Alls vernichten. Ich weiß nicht, ob du Willy rechtzeitig befreien kannst, aber ich darf kein Risiko eingehen. Ob der Direktor das Passwort erfährt oder nicht, spielt keine Rolle, denn ich werde zur Sicherheit mein Digit-All vernichten. Ich ändere das Plancksche Wirkungsquantum und dann werden die Atome zerfallen und die Sterne explodieren. Alles wird enden.«

»Oh Gott!«

»Nein, nur Quentin. Ich übertrage die gesamte Energie meines Digit-Alls zurück in das Rollsiegel, das du glücklicherweise in deiner Hosentasche hattest, als du digitalisiert wurdest. Es ist jetzt im Zwischenspeicher.«

»Kann ich es benutzen?«

»Erst, wenn du wieder auf der Erde bist und auch nur, wenn es in deiner Nähe ist und du Liebe empfindest.«

»Alles klar ...«

»Da gibt es noch etwas, das ich dir sagen muss ...« Plötzlich verschwand Quentin in dichtem Nebel. »Oh nein«, sagte er leiser werdend, »du wachst auf ...«

»John!«, rief Charleen.

Ich setzte mich schweißgebadet auf. Die Sonne ging auf und ihre ersten Strahlen kamen über die Berge zu uns. Mein Herz klopfte.

»Du hast im Schlaf geschrien«, sagte Charleen.

Ich erzählte ihr von meinem Traum. »Glaubst du, Quentin lebt wirklich noch?«

»Warum nicht, Erzengel John?« Sie lächelte mich an.

Ich stand auf und reckte mich, da bemerkte ich am Himmel eine Bewegung. Ein kleiner Meteorit raste auf den See zu und platschte ins Wasser. Eine Fontäne schoss hoch und kreisförmige Wellen schoben sich über die Wasseroberfläche.

Ich ging zum Ufer. Schwamm da ein Tier? War das ein Kätzchen? Es erreichte das Ufer und blieb erschöpft und tropfend vor mir stehen. »Miau!«, mauzte es.

Das Kätzchen war schwarz mit weißen Flecken auf dem Rücken und super süß!

Ich nahm es hoch und streichelte es, dabei schnurrte es. Ich liebe Kätzchen! Wenn ich eins sehe, mutiere ich zu einem Fünfjährigen.

»Was hast du da?«, fragte Charleen und ihre Stimme klang merkwürdig kühl. Mochte sie keine Kätzchen? Dann wäre sie aber das erste Mädchen auf der Welt.

»Ein Kätzchen«, sagte ich überflüssigerweise.

Ich hielt es ihr entgegen, doch Charleen verschränkte die Arme.

»Hier gibt es keine Kätzchen«, sagte sie eisig.

»Doch«, entgegnete ich und hielt ihr wieder das supersüße Kuschelwesen hin. Als das Kätzchen Charleen sah, fuhr es die Krallen aus und fauchte.

»Spiel hier keine Spielchen«, schimpfte Charleen. Ich dachte zuerst, sie meinte mich, aber sie sah das Kätzchen an.

»Was meinst du?« Ich war ratlos.

»Tina!«, schrie Charleen. »Hör auf damit!«

»Aber ...«, stammelte ich.

»Na gut«, sagte das Kätzchen mit Tinas Stimme.

Erschrocken ließ ich es fallen. Das Kätzchen landete auf den Beinen, legte sich auf den Rücken und streckte sich.

»Krauli krauli«, sagte es.

»Ich kann dich gerne kraulen«, sagte Charleen. »Zum Beispiel mit einer Drahtbürste.«

»Du verstehst das nicht«, sagte Tina und stellte sich auf ihre vier Beine. »Um mit euch reden zu können, habe ich mich ins Digit-All gehackt. Das habe ich mit einer Kätzchen-Streichel-App gemacht, die glücklicherweise auf dem Tablet war. Quentin mag offenbar Kätzchen.«

»Na und?« Charleen sah auf das Kätzchen herab.

»Ich hatte keine Zeit, die App neu zu programmieren«, erklärte Tina. »Daher muss ich regelmäßig geknuddelt, geherzt und gedrückt werden, sonst sterbe ich.«

»Dann stirb doch«, sagte Charleen.

Ich spürte eisige Kälte zwischen den beiden, die mich lieber etwas Abstand halten ließ. Außerdem dröhnte der Rote Alarm in meinem Kopf.

»Charleen«, sagte Tina, »sei doch vernünftig. Ihr braucht meine Hilfe, um Willy zu retten.«

Zwischen den beiden herrschte einige Sekunden Funkstille.

»Okay, für Willy«, sagte Charleen schließlich.

»Danke«, schnurrte Tina. »Und jetzt streichelt mich bitte.« Sie legte sich auf den Rücken.

Keiner rührte sich.

»Biiiitte!«, schnurrte Tina.

Charleen bewegte einen Arm in Tinas Richtung, doch da sprang das Kätzchen auf und fauchte.

»Was soll das?«, schimpfte Charleen. »Ich wollte dich gerade kraulen und du fährst die Krallen aus?«

»Die App merkt, dass du es nicht ehrlich meinst. Ich denke, dass John mich streicheln sollte.« Tina legte sich wieder auf den Rücken und schnurrte verführerisch.

»Ähm«, räusperte ich mich verlegen. Langsam ging ich in die Hocke und beugte mich zu Tina.

»Na mach schon«, sagte Charleen, verschränkte die Arme und beobachtete mich kritisch.

Ich hab mich noch nie so unwohl bei einer so schönen Sache gefühlt. Ich kraulte einem total niedlichen Kätzchen den Bauch und wäre am liebsten woanders.

»Genügt das?«, zischte Charleen nach einigen Sekunden.

»Für ein paar Minuten vielleicht«, schnurrte Tina, dann rollte sie sich auf die Pfoten.

»Was sollte diese Sache mit den Stromschlägen?« Charleen funkelte Tina böse an.

»Das war bestimmt diese Internet-Kindersicherung von Quentin«, sagte Tina.

»Ja, schieb es doch auf jemanden, der sich nicht mehr verteidigen kann«, schimpfte Charleen.

»Ich hab die Kindersicherung jetzt abgeschaltet. Nun könnt ihr rummachen, so viel ihr wollt. Jetzt kannst du dein ekliges Versprechen einlösen. Soll ich euch mal kurz alleine lassen?«

»Du ...« Charleen ging einen Schritt auf das Kätzchen zu.

Ich stellte mich schnell zwischen beide. Das war nicht der beste Ort im Universum (egal in welchem).

»Bitte!«, sagte ich. »Wir müssen Willy retten.«

»Es tut mir leid, dass ich dir nicht geglaubt habe, als du als Geist zu mir kamst«, sagte Tina zu Charleen. »Ich hatte einfach panische Angst vor dir.«

Charleen stand mit verschränkten Armen und eisigem Blick da.

»Ich möchte es wieder gutmachen«, schnurrte Tina. »Ich tue alles, um euch hier rauszuholen, versprochen.« Sie sah zu mir auf. »Ich glaube, ich muss bald mal wieder gestreichelt werden.«

»Streichel dich doch selbst«, zischte Charleen.

»Wenn wir Willy retten wollen, müssen wir zur Mirrorwall«, sagte ich.

»Ich kann uns mit Hilfe der Kontrollkonsole vor die Mirrorwall *moven*«, sagte Tina, »ich muss nur unsere GPS-Koordinaten hacken.«

»Sowas kannst du?«

»Was glaubst du, wie ich dich durch die Firewall gebracht habe? Ich hatte eine genaue Flugroute für dich festgelegt. Ich hatte sogar den magnetischen Meteoriten eingeplant.«

Ich schwieg beeindruckt. Tina war gar kein Nerd. Sie war ein Genie!

»Wir kommen also zur Mirrorwall, aber ohne Willys Passwort ist dort Schluss, hinter die Mauer kommen wir nicht.«

»Quentin hat mir in einem Traum gesagt, dass ich über die Macht des *Kreativmodus* verfüge. Ich kann die Mirrorwall zerstören.«

»Ach so«, lachte Tina, »wenn dir das in einem Traum gesagt wurde, wird es vermutlich stimmen. Dann haltet jetzt meine Pfötchen.« Sie setzte sich hin und hielt uns ihre Vorderpfoten entgegen. »Auf ins Wunderland!« Wir berührten sie und es blitzte hell auf.

Wir tauchten auf dem schneebedeckten Gipfel eines Berges auf, der sich mit dem Mount Everest messen könnte. Vor uns war eine gläserne Mauer, die sich als Außenmauer einer ebenfalls gläsernen Festung entpuppte. Der Direktor machte offenbar auf Eiskönig. Charleen und ich zitterten heftig. Die Luft war dünn und es war ARSCHKALT! Plötzlich war es wieder warm.

»Was ...?«

»Wir haben fünf Minuten«, sagte Tina. »Dann spürt ihr wieder diese Eiseskälte und erstickt.«

»Klingt nett«, sagte Charleen. »Besonders die Sache mit dem Ersticken.«

»Kannst du uns in fünf Minuten nicht einfach weitere fünf Minuten geben? Das hast du doch bei meinem Ritt auf dem Meteoriten gemacht, oder?«

»Es ist schön, wenn gute Arbeit bemerkt wird«, sagte Tina, »aber ich will nicht zu oft *cheaten*. Ich befürchte, dass der Direktor diese Eingriffe bemerken könnte.«

»Wie sollte er das?«, fragte ich.

»In dieser Welt funktioniert alles nach strengen Regeln«, erklärte Tina. »Wenn wir sie brechen, betrügen wir. Das ist wie eine Erschütterung der Macht. Und wenn unser Direktor Jedi-Fähigkeiten hat ...«

»Der ist ein Sith«, sagte ich.

In diesem Moment sah ich einen kleinen Mond am Himmel entlang rasen. Etwas löste sich von ihm, schoss als Meteorit auf uns zu und donnerte knapp über unseren Köpfen vorbei. Mit einem lauten Knall stürzte er in den See.

»Krass«, sagte Tina. »Ich kann alles in 3D sehen!«

Plötzlich sah ich am Himmel mehrere Sterne hell aufleuchten.

»Die Sterne explodieren«, schrie Charleen.

»Oh Gott!«, rief ich. »Quentin macht ernst mit dem Weltuntergang.«

»Wir haben keine Zeit mehr«, sagte Tina. »Macht was, ich bin nur ein Kätzchen!«

Charleen stemmte sich gegen die Mauer. »Rührt sich nicht. Das Ding ist superhart.«

»Ich sagte ja, dass wir durch die Mirrorwall nicht durchkommen«, mauzte Tina. »Wenn ich Internet hätte, hätte ich mir schon längst eine coole App installiert und von dort Waffen organisiert. Aber wie ihr seht, hatte ich nur eine Kätzchen-Streichel-App zur Verfügung.«

Ich betrachtete mein Spiegelbild in der Mauer. Meine Haare waren angefroren und wirkten grau wie die eines Opas. An meiner Nase bildete sich ein Eiszapfen und meine Haut war so blau wie meine Augen.

Was geschah hinter dieser Mauer gerade? Vermutlich folterte der Direktor gerade Willy, um das Passwort von ihm zu bekommen. Mir wurde schlecht bei der Vorstellung. Ich wollte Willy retten, er war mein Freund. Ich berührte die Mauer vorsichtig mit dem Zeigefinger. Es bildete sich eine Welle wie nach einem Steinwurf in einen See. Plötzlich vibrierte die Oberfläche wie ein Wasserglas auf einem Lautsprecher. Die Wellen wurden immer höher und ein hoher Pfeifton erklang.

KLIRR!

In der Mirrorwall war ein rundes Loch, wo ich sie berührt hatte. Ich hatte tatsächlich die Macht des Kreativmodus!

»Super«, sagte Tina, »durch das Loch kann ich jetzt Willy und den Direktor orten. Leider stehen sie zu nah beieinander. Du musst reingehen und Willy von ihm trennen, dann kann ich uns alle hier wegbringen. Ein paar Schritte reichen.«

»Okay!«

»Kann ich helfen?«, fragte Charleen.

»Du bleibst lieber hier«, sagte Tina. »Zu viele Personen in der Nähe des Direktors verwirren mich, dann könnte ich einen Fehler machen und statt Willy versehentlich den Direktor zu unserem Lager am See moven.«

»Okay, das wollen wir nicht«, sagte Charleen.

Ohne ein weiteres Wort zu verlieren, kletterte ich durch das Loch in der Mauer.

Ich kam in einer riesigen Halle wieder heraus. Der Direktor mochte offensichtlich Glas, denn zahllose Glassäulen standen auf einem Glasboden und trugen ein Glasdach. Ich ging weiter in die Halle hinein, da hörte ich den Direktor. Ich schlich von Säule zu Säule, bis ich die Mitte des Raums erreicht hatte. Dort saß Willy auf einem Stuhl, der Direktor stand vor ihm. Willy hatte einen Bademantel an. Der Direktor trug seine Ritterrüstung.

»Verrat mir das Passwort«, sagte der Direktor. »Dann erzähle ich dir, was mit deiner Schwester passiert ist.«

»Was haben sie mit dem Verschwinden meiner Schwester zu tun?«, fragte Willy. »Ich war damals doch noch gar nicht auf dem Internat! Sie denken sich das doch aus!«

»Offensichtlich interessiert dich das Schicksal deiner Schwester nicht.«

»Sie kennen meine Schwester gar nicht. Vielleicht haben sie in der Zeitung von ihr gelesen.«

Der Direktor ging auf und ab. Ich ging schnell hinter einer Säule in Deckung, bis mir klar wurde, dass sie aus Glas war. Noch hatte er mich nicht gesehen. Wo sollte ich hin? Ich entschied, mich flach auf den Boden zu legen.

»Dann interessiert dich also nicht, wie deine Schwester gestorben ist?«

Willy erstarrte.

»Hast du vielleicht Fragen dazu?«

Selbst aus der Ferne konnte ich sehen, dass Willys Augen vor Tränen glitzerten.

»Das denken sie sich nur aus.«

»Ach wirklich? Dann werde ich es dir mal erklären. Dein Vater hat sehr gut auf dich und deine Schwester achtgegeben. Aber nicht genug für ein Genie wie mich. Ich wusste, dass deine kleine Schwester Schmetterlinge liebt. Ich wusste auch, dass du zuckerhaltige Getränke liebst. Ich legte Cola-Dosen auf die Rückbank des Autos deines Vaters und ließ etwas Benzin ab, damit ihr genau an der richtigen Stelle keinen Sprit mehr habt und genau zur von mir vorgesehenen Tankstelle fahrt. Außerdem schaltete ich die Kindersicherung der Tür ab. Als er tanken war, musstest du aufs Klo. Ich wusste, dass deine Schwester für einen kurzen Augenblick alleine wäre. Ich ließ ein paar Schmetterlinge frei und sie stieg aus. Sie rannte in den Wald und fast direkt in meine Arme. Ich wollte sie entführen und gegen das Tablet austauschen.«

»Sie haben sie entführt?« Ich konnte Willys Herz fast klopfen hören, oder war es meins?

»Leider nicht«, antwortete der Direktor. »Sie stolperte und stürzte in eine tiefe Schlucht. Das war nicht geplant.«

»Aber ... man hat sie doch überall gesucht.«

»Sie ist vermutlich in den Fluss gestürzt und wurde von den Fluten fortgespült. Ich bin umsonst in die Schweiz gefahren.«

»Nein!« Willy heulte dicke Tränen.

»Dann weißt du jetzt, dass ich keinen Spaß mache, wenn ich dir das hier zeige.« Er hielt Willy ein Handy vor das Gesicht. »Das sind Livebilder einer Kampfdrohne. Wie du siehst, ist dort dein Vater. Er redet gerade mit Johns Eltern über das verschwundene Tablet.«

Mein Herzschlag setzte kurz aus. Meine Eltern! Sie hatten den Entwickler des Quellcodes gefunden. Es war offensichtlich Willys Vater.

»Ich denke, sie werden bald Eins und Eins zusammenzählen und nach Burg Grottenfels kommen. Ich habe es daher ein klein wenig eilig. Kannst du mir vorlesen, was auf diesem Button steht?« Er hielt Willy das Handy näher vor die Augen.

»FIRE«, sagte Willy krächzend.

»Also, wenn du mir keine Wahl lässt, dann ...« Sein Finger schwebte über dem Handy.

»Okay«, sagte Willy. »Ich sage ihnen alles, was sie wollen, nur bitte, bitte ...« Er heulte einen wahren Sturzbach. Armer Willy.

»Wie lautet das Passwort?«, fragte der Direktor.

»Es ist ganz einfach, es ist nur ...«

Er darf es ihm nicht sagen! Wenn er es verrät, sind wir alle tot.

»Halt!« Ich sprang auf und rannte hin.

»Wo kommst du denn her?«, schrie der Direktor.

Ich zog Willy auf die Beine und schob ihn mehrere Schritte vom Direktor weg.

»Hasta la vista, Gurkenstein!«

Wir tauchten am Ufer des Sees wieder auf. Willy starrte auf meine rosa Klamotten.

»Wie siehst du denn aus?«, fragte er.

Na toll, mein Outfit war so scheiße, dass Willy alles andere egal war.

»In Charleens Kleiderschrank war nur Mädchenzeug«, sagte ich.

»Wenn ich mehr Zeit gehabt hätte, hätte ich dir was Hübsches gestrickt«, lachte Charleen.

»Charleen!«, rief Willy begeistert. Sie umarmten sich, Willy im Bademantel und Charleen in Unterwäsche. Was für ein schräger Anblick! Willy hatte Glück, dass die Kindersicherung schon ausgeschaltet war.

»Danke, dass ihr mich vor diesem Psycho gerettet habt«, sagte Willy.

»Ich hab auch geholfen«, sagte Tina.

»Ah!« Willy versteckte sich hinter Charleen. »Die Katze kann sprechen!«

»Das ist ...«, begann ich.

»Mein Name ist Bastet, ich bin eine ägyptische Katzengottheit«, sagte Tina. »Ich herrsche über dieses Zauberland! Miau!«

»Tina«, schimpfte Charleen. »Lass den Unsinn!«

»Tina?« Willy starrte sie mit weit aufgerissenen Augen an. »Echt jetzt?«

»Spielverderberin«, mauzte Tina. »Nächstes Mal, wenn du Mist erzählst, petze ich auch gleich.«

»Was geht denn hier ab?«, fragte Willy. »Und wie hast du mich befreit? Gerade waren wir noch in einem Glaspalast und jetzt sind wir plötzlich hier.«

»Ich hab deine GPS-Koordinaten gehackt«, sagte Tina.

»Und ich bin jetzt ein Erzengel«, sagte ich. »Ich kann unbelebte Dinge erschaffen oder zerstören.«

Willy sah mich verblüfft an. Ich klärte ihn über unsere aktuelle Lage auf.

»Und Tina ist in Wirklichkeit noch im Serverraum und davor lauert dieses Pilzmonster mit Toms Kopf an einem Tentakel?«

Tina nickte mit ihrem Köpfchen.

»Krass! Aber Chlor hilft dagegen?«

»Ja, aber wir haben nur eine kleine Sprühflasche im Serverraum.«

Plötzlich verdunkelte sich der Himmel. Der Nachbarmond streifte die Atmosphäre und färbte sie rot. Kleine Meteoriten schlugen überall im Tal ein und setzten alles in Brand. Der Boden schwankte und Bäume im nahen Wald stürzten um.

»Tina, wir müssen hier weg!«, schrie ich.

»Oh Gott!«, miaute Tina und starrte gebannt nach oben. Der Mond donnerte haarscharf an uns vorbei und verschwand hinter dem rot leuchtenden Horizont.

»TINA!«

»Ja, ja!« Tina schüttelte sich. »Willy, das Passwort!«

»Es gibt keins.«

Tina starrte ihn an. »Oh.«

»Dann hätte ich mir den Trip sparen können?«, fragte ich.

»Nein«, antwortete Tina. »Ohne Passwort läuft nix, das ist ein Sicherheitsfeature. Also muss ich eins vergeben. Darauf muss man erstmal kommen! Ich muss das jetzt schnell machen.«

Ich wartete unerträgliche drei Sekunden. »Und? Hast du eins vergeben?«

»Ja«, antwortete Tina. »Ich habe das Passwort auf EMMA gesetzt.«

»Gut, dann schicken wir erstmal Charleen zurück.«

»Heilige Scheiße!«, schrie Willy. »Seht mal hoch!«

»Die Sonne«, stöhnte ich. Sie war schon doppelt so groß wie vor wenigen Sekunden.

»Das Tablet qualmt«, sagte Tina. »Ich hab mal die 3D-Brille abgesetzt und nachgesehen. Es ist bald hinüber. Ihr müsst sofort alle hier raus! Ich öffne jetzt die Konsole:

```
OPEN CONSOLE PASSWORD EMMA
```

Jetzt könnt ihr eure Befehle aufsagen.«

»Was für Befehle?«, fragte Willy.

»Um hier rauszukommen, musst du

```
EXIT NAME TO EARTH NOW
```

sagen. NAME steht dabei für deinen Namen, in deinem Fall WILLIAM.«

»Warte mal«, sagte Willy. »Warum hast du *NOW* gesagt?«

»Das Universum ist Raum *und* Zeit. Wir müssen deshalb auch die Zeit angeben.«

»Vor drei Monaten ist meine Schwester verschwunden. Ich gehe nicht in unsere Zeit zurück. Ich gehe in die Zeit vor drei Monaten und rette meine Schwester!«

»Würde das gehen?«, fragte ich.

»Ich lese gerade die Anleitung für den Exit-Befehl, aber es gehen nur ganze Jahre. Also MINUS 1 für ein Jahr in der Vergangenheit. Tut mir leid, Willy.«

»Mir nicht!

`EXIT WILLIAM TO EARTH MINUS 1!«`

PENG! Willy war fort.

ZACK!

Charleen stöhnte plötzlich laut auf. Ein rot schimmerndes Schwert ragte aus ihrem Bauch. Ich starrte fassungslos darauf, da verschwand es auch schon wieder. Sie taumelte, stolperte vorwärts und stürzte. Ich fing sie auf, legte sie vorsichtig auf den Rücken und kniete mich zu ihr.

»Charleen!«, schrie ich.

»Mir geht's nicht gut«, flüsterte sie. Blut quoll aus ihrer Wunde. Ich presste meine Hände auf ihren Bauch, doch es half nichts. Charleen atmete noch ein paar Mal, dann hörte sie auf. Die Blutung stoppte und ihre Augen wurden trüb. Sie war tot. Mir wurde schlecht, Tränen vernebelten meinen Blick. Das durfte nicht wahr sein!

Tina fauchte und machte einen Buckel. Irgendjemand war hinter mir. Ich sprang auf und wirbelte herum.

»Na das ist doch wunderbar!«, sagte eine Stimme. Etwas flackerte vor mir und eine Gestalt bildete sich in der Luft - es war der schwarze Ritter! Der Direktor konnte sich mit seiner Rüstung unsichtbar machen. So hatte er sich in der Höhle unbemerkt anschleichen können.

»Töten klappt also auch in dieser Welt«, sagte er lachend. Er klappte sein Visier hoch.

Ich stürzte mich auf ihn. »Sie Wahnsinniger!« Ich schlug mit meinen Fäusten auf ihn ein, doch er war stärker. Er packte mich am Handgelenk und drehte mir den Arm in den Rücken.

»Hey!«, schrie ich.

»Danke, dass ihr so viel getrickst habt«, lachte er, »denn so konnte ich euch leichter finden.« Er schubste mich grob von sich weg und ich landete auf dem Boden neben Charleen.

Ich setzte mich und strich ihr mit zitternder Hand übers Haar. Der Direktor hielt mir sein Schwert drohend vor das Gesicht. »Mit dem Passwort kann ich endlich meinen Plan in die Tat umsetzen. Ich werde meine Auserwählten in das Gelobte Land führen. Alle Menschen werden nach meinen Regeln leben und ich werde ihr Gott sein.«

»Ein Gott erschafft Leben«, schrie ich. »Sie sind der Teufel!«

»Für euch Ungläubige schon!«, lachte er.

Tina kuschelte sich an Charleens Gesicht und weinte, dann sah sie mit glitzernden Augen zum Direktor. »Warum haben sie das getan? Das ist so sinnlos!«

»Alles hat einen Sinn«, sagte der Direktor. »Zum Beispiel meine Mobbing-App. Denkt ihr, ich habe sie nur so zum Spaß entwickelt? Mit ihr konnte ich Schüler finden, die sich ohne Gegenwehr mobben lassen. Solche *Opfer* sind perfekt für die Gründung einer neuen Zivilisation mit einem starken Führer. Leute, die aufbegehren oder das System hinterfragen, kann ich in meiner Welt nicht gebrauchen.«

Ich dachte kurz an Max, der sich immer wieder von seinem Freund zurückhalten ließ. Und ich dachte an mich selbst. Hatte ich jemals Micha und Chris meine Meinung gesagt?

»Leider ist meine App nicht unfehlbar, wie das Beispiel John zeigt. Er war nach Analyse der App der fügsamste und harmloseste Junge, den ich mir nur erträumen konnte, doch auf einmal leistet er Widerstand. So etwas kann ich im Gelobten Land nicht dulden. Wenn meine App sich bei John geirrt hat, kann sie sich auch bei den anderen Auserwählten geirrt haben. Dann habe ich auf einmal ein faules Ei im Nest und muss als Gott eingreifen und das Problem beseitigen. Doch was ist, wenn in diesem digitalen Universum jeder unsterblich ist? Dann hätte ich ein unlösbares Problem. Was wäre ich für ein Gott, wenn ich nicht jedes Problem lösen könnte? Ich musste herausfinden, ob das Töten von Abtrünnigen und Verrätern in dieser Welt funktioniert. Das Mädchen ist also nicht sinnlos gestorben.

Sie hat den Weg ins Gelobte Land geebnet und wird einen Platz in den neuen heiligen Schriften bekommen, die ich schreiben werde. Auch ihr werdet dort erwähnt werden, doch jetzt«, er hob sein Schwert, »räume ich hier auf.«

»Sie sind wahnsinnig!« Tina sprang ihm ins Gesicht und riss ihm tiefe Kratzer in die Haut.

Der Direktor packte das Kätzchen und schleuderte es mit Wucht an einen Baum. Der Aufprall verursachte ein grauenvolles Geräusch von brechenden Knochen. Das kleine Wesen stürzte auf den Boden.

»Um dich kümmere ich mich noch im *Real Life*«, schrie er Tina hinterher, dann holte er mit seinem Schwert aus. Ich saß am Boden und hatte keine Chance. Instinktiv hob ich meinen linken Arm, um seinen Hieb abzuwehren. Doch das würde nur dazu führen, dass er mir nicht nur den Kopf, sondern den Arm gleich mit abschlug. Das Schwert sauste auf mich herab und traf mich am Unterarm.

KLONG!

Der Direktor zitterte heftig. Das Schwert war an meinem Arm abgeprallt! Er taumelte einen Schritt zurück.

»Was war das denn?«, schrie er. »Na warte!« Erneut hieb er auf mich ein, doch ich wehrte seinen Schlag mühelos ab.

Da fiel mir ein, dass ich ein Erzengel war und als solcher war ich sicherlich unbesiegbar, außerdem hatte ich noch die Macht des Kreativmodus! Es wurde Zeit, meine Aufgabe als Erzengel zu erfüllen.

Ich stand auf. »Es reicht!« Ich richtete meine Hände auf ihn. »Sie sind der Teufel und der Teufel soll brennen!« Aus meinen Händen kamen gleißend helle Feuerstrahlen. Sie trafen die Rüstung des Direktors und ließen sie rot glühen.

»Das ist unmöglich!«, schrie er und wankte rückwärts von mir weg. Ich machte eine Feuerpause und folgte ihm.

»Na schön«, sagte er, »ich kann auch anders!

`KILL JOHN!`«

Eine Computerstimme antwortete:

»ERROR 42!«

»Was?«, schrie der Direktor. »Was soll das bedeuten?«

Ich grinste herausfordernd. »Probieren wir es doch mal mit ihrem Namen:

KILL ...«

»Nein!«, schrie der Direktor.

»EXIT JAEGER TO EARTH NOW!«

PENG! Der Direktor war fort.

»Tina!« Ich rannte zu ihr. Sie lag leblos neben dem Baum. Vorsichtig nahm ich sie hoch.

»Tina!«, schrie ich.

Ich musste sofort hinterher und ihr helfen, wenn es dafür nicht schon zu spät war. Doch was wurde dann aus Charleen? Ich konnte sie doch nicht hierlassen.

Ich rannte zu ihr und legte das Kätzchen neben sie. Was sollte ich nur tun? Das Rollsiegel funktionierte hier nicht und der Kreativmodus galt nur für unbelebte Dinge. Könnte Willy das alles verhindern, wenn er jetzt in der Vergangenheit war? Doch er wusste ja nicht, was nach seinem Verschwinden passiert war.

Der Mond ging auf, diesmal war er noch näher! Die Sonne brannte höllisch und der Wald stand lichterloh in Flammen. Ein weiterer Meteorit schlug ganz in der Nähe ein. Ich hatte keine Zeit mehr! Da fiel mir etwas ein. Die geheime Kommandokonsole war noch offen! Die musste doch für mehr zu gebrauchen sein, als nur für den EXIT-Befehl. Wie war denn das in den Computerspielen, wenn man seine Lebensenergie wieder auffüllen wollte? Man sammelte irgendwelche Dinge ein, nahm ein Elixier oder ging zu einem Heiler ... Ich legte meine Hand auf Charleen.

»`HEILE CHARLEEN!`«

Nichts geschah, außer, dass das Feuer immer näher kam. Ich muss es vielleicht in Englisch sagen.

»`HEAL CHARLEEN!`«

Immer noch nichts. Aber es musste einfach eine Lösung geben, das war hier doch ein digitales Universum. Als vor Kurzem der PC meines Vaters kaputt war, hatte er ein Backup zurückgespielt. Vielleicht gab es ja auch von Charleen ein Backup? Doch wie nannte man das Zurückspielen eines Backups? Ich schloss die Augen und stellte die Frage erneut. Plötzlich wusste ich es. Cool, ich hatte Google in meinem Kopf!

»`RECOVER CHARLEEN!`«

Die Computerstimme antwortete:

»ERROR! ENTER DATE!«

DATE? Oh, klar, ich musste sagen, von wann das Backup sein sollte.

»RECOVER CHARLEEN MINUS 10 MINUTES!«

Das sollte reichen, da war sie noch am Leben.

»ERROR!

NO BACKUP!«

Es wurde immer heißer. Ich hatte keine Zeit mehr! Warum war das so kompliziert? Vielleicht gab es ja nur tägliche Backups?

»LIST BACKUPS FROM CHARLEEN!«

»LAST BACKUP: 30 DAYS AGO.«

»Vor 30 Tagen?«, schrie ich.

Zu der Zeit wurde sie ja gerade erst verwandelt. Wenn ich dieses Backup nehme, weiß sie gar nichts mehr über ihre Zeit als Geist. Aber was sollte ich lange überlegen, es war ihre einzige Chance. Ihr Leben war wichtiger, als ihre Erinnerung.

»RECOVER CHARLEEN MINUS 30 DAYS!«

Charleen leuchtete hell auf, dann öffnete sie die Augen.

»Wo bin ich?«, fragte sie. »Es ist heiß.« Schwarzer Rauch zog zu uns, wir husteten.

»Gleich bist du in Sicherheit«, sagte ich.

»EXIT CHARLEEN TO EARTH NOW!«

Charleen war weg.

»Jetzt ich. EXIT ...« Plötzlich bekam ich einen stechenden Kopfschmerz. Ich sah nur noch Dunkelheit, da hörte ich eine laute Stimme.

»Der Wald, sie sind im Wald! Du musst auch sie retten!« War das Quentin?

Dann war der Schmerz fort und ich konnte wieder sehen, doch was ich sah, war ein einziger Albtraum. Das Feuer war überall! Der ganze Himmel war ein Flammenmeer. Der See kochte.

Ich drehte mich zum Wald. Da war ein schmaler Pfad, der noch nicht brannte. Ich zog mein Shirt über Mund und Nase und rannte los. Der heiße Qualm war mörderisch und schon nach wenigen Metern konnte ich nichts mehr sehen. Ich legte mich auf den Boden und kroch vorwärts. Jeder Atemzug tat höllisch weh, da hörte ich ein ängstliches Piepen.

»Smiley?« Smiley kam zu mir gehumpelt und kuschelte sich ängstlich an mich. »Du lebst! Ich hole dich hier raus:

`EXIT PROJECT TO EARTH NOW!`«

Es klappte und Smiley war verschwunden. Hoffentlich in Sicherheit!

Ich überlegte, ob ich an dem Befehl noch herum probieren sollte. Vielleicht könnte ich ja ein genaueres Ziel angeben, damit ich nicht im Serverraum auftauchte und dem Tentakelmonster in die Arme lief. Oder sollte ich Willy in die Vergangenheit folgen? Da krachte ein brennender Baum direkt neben mich. Die Hitze war unerträglich und meine Brust schmerzte vom beißenden Qualm. Keine Zeit mehr für Experimente!

»`EXIT JOHN TO EARTH NOW!`«

»`ERROR 42!`«

Was war ERROR 42? War das Tablet vielleicht schon kaputt? Würde ich hier sterben? Ich konnte einfach nicht mehr denken. Es war so heiß. Alles tat weh. Mir wurde schlecht. Brannte mein Arm? Was sollte ich tun? Mein Leben lief an mir vorbei. Die Schule. Der Kindergarten. Meine Mutter im Krankenhaus. Ich war ein Baby. Mein Vater war da. Wie soll der Kleine heißen? John, sagte mein Vater. Das ist cool. Ach was, sagte meine Mutter. Er ist doch kein Cowboy. Mein Vater bettelte. Bitte, John ist so ein männlicher Name. Okay, sagte meine Mutter, aber offiziell soll er *Jonathan* heißen.

»Jonathan!«, röchelte ich mit letzter Kraft.

»`EXIT JONATHAN TO EARTH NOW!`«

Und der Schmerz war vorbei.

Der Kampf

Ich tauchte im Serverraum auf (Gott sei Dank in meinen normalen Klamotten), doch Tim hatte mich schon erwartet. Er holte mit seinem Baseballschläger aus und es wurde dunkel.

Als ich aufwachte, dröhnte mein Schädel. Der Schmerz in meinem Kopf pulsierte und bei jedem Herzschlag wurde mir schwarz vor Augen. Was war mit Tina? Ich ballte die Fäuste. Wo war sie? Wo war ich? Ich wollte mich bewegen, doch ich war an einen Stuhl gefesselt. In meiner Hosentasche spürte ich das Rollsiegel, doch ich kam nicht ran, weil meine Hände auf dem Rücken gefesselt waren.

»Aufgewacht?«, fragte die Stimme des Direktors.

Es war schummrig, aber langsam gewöhnten sich meine Augen daran. Ich war in der Höhle. Der Direktor stand in seiner Rüstung ein paar Schritte von mir entfernt. Neben ihm saßen Charleen und Tina. Beide lebten! Sie waren an Stühle gefesselt und trugen ihre normalen Sachen. Charleen hatte sogar ihren Schmetterling im Haar, den sie schon als Geist gehabt hatte. Tim stand hinter den Mädchen und starrte auf ein Handy.

»Was zeigt die Drohne?«, fragte der Direktor.

»Die Burg ist umstellt«, sagte Tim. »Ich habe eine Hundertschaft der Bundespolizei gesichtet, sie haben rings um die Burg Position bezogen. Im Dorf sind mehrere Schützenpanzer und ein mit Raketen bewaffneter Kampfhubschrauber kreist über uns. Ich glaube, sie werden bald stürmen.«

»Sollen sie ruhig kommen«, sagte der Direktor, »das Burgtor werden sie so bald nicht aufbekommen.«

»Ach du scheiße«, sagte Tim. »Was macht der denn da?«

»Was ist los?«

»Max!«, schrie Tim. »Der öffnet der Polizei das Tor, das gibt's ja nicht! Sie stürmen, sie stürmen! Soll ich die Rakete abfeuern?«

»Erst, wenn du Johns Eltern gesichtet hast. Hier unten werden sie uns so bald nicht finden.«

»Ihre tolle App hat schon wieder versagt«, sagte ich. »Wir *Opfer* sind nicht so fügsam, wie sie dachten.«

Der Direktor zog sein Schwert und sah zu mir.

»Das Lachen wird dir gleich vergehen. Bevor ich deine Gene an *Mutter* spende, haben wir noch etwas Zeit für ein wenig Spaß. Sag mir, welche von den beiden hier magst du mehr? Die Blonde oder die Brillenschlange?«

Er hob sein Schwert und presste es Charleen grob an die Kehle. Sie rührte sich nicht.

»Bitte hören sie auf!«, schrie ich.

Er hielt Tina das Schwert an die Kehle. Sie röchelte und lehnte sich nach hinten.

»Nein!«, schrie ich. Ich zerrte an meinen Fesseln und zerlegte dabei fast den Stuhl.

Der Direktor grinste. »Die Brillenschlange also. Interessant.«

Ich versuchte, an das Rollsiegel in meiner Hose zu kommen, doch es ging nicht. Ich musste mir was anderes einfallen lassen.

»Lassen sie uns gehen, dann rede ich mit meinem Vater«, sagte ich. »Sie haben noch niemanden verletzt.«

»Was weißt du schon über mich?«, fragte er. »Ich habe vor tausend Jahren mit meinen Männern eine ganze Stadt voller Ungläubiger ausgelöscht und das wollte ich heute mit dem Universum wiederholen. Ich hatte alles geplant. Eine kleine Anzahl Auserwählter hatte ich mit meiner App gefunden, doch leider sind mir deine Eltern auf die Schliche gekommen. Glaubst du eigentlich, dass du zufällig hier gelandet bist? Deine Eltern hatten wenige Tage vor meiner Drohung, dich zu töten, einen Werbeflyer meines Internats im Briefkasten. Eine internetfreie Sicherheitszone für ihren Süßen, ich wusste, dass sie da nicht widerstehen könnten.« Er grinste selbstzufrieden. »Als sie dich hier als meine Geisel ablieferten, kam ich auf die Idee, dich, den Sohn von Detektiven, auf die Suche nach dem verschollenen Rollsiegel zu schicken. Du hast die kleinen Intelligenztests wie die Sache mit der PIN und der Ziegelwand bestanden. Alles klappte wie am Schnürchen und du hast das Siegel gefunden, doch leider war es aufgebraucht. Dennoch war ich erfolgreich, denn das Gelobte Land existierte ja schon. Es war für meine Auserwählten bestimmt und ich hätte ihr neuer Gott werden sollen.« Seine Miene verfinsterte sich. »Doch als ich hierher zurückkam, war das Tablet zerstört und mein Plan gescheitert. Du bist schuld und jetzt wirst du dafür büßen!«

Ich spürte etwas Schleimiges an meinem Unterschenkel. Es war ein Tentakelarm, der sich um mein Bein schlängelte. Ich bekam eine Gänsehaut und sah nach hinten. Dort kauerte das riesige Tentakelmonster, das uns in den Serverraum eingesperrt hatte. Über mir schwebte der tänzelnde Kopf von Tom. Er blickte grimmig zu mir herab.

»Ich freu mich schon auf deine Gene«, sagte Tom.

»Jetzt kommen wir endlich zum vergnüglichen Teil«, sagte der Direktor.

Tim drückte Tina an den Schultern nach vorne.

»Mistkerl!«, schrie sie.

Der Direktor hob sein Schwert.

»Piep!« Ein gelber Vogel schoss auf das Gesicht des Direktors zu.

»Smiley!«, rief ich.

Die Übertragung in unser Universum hatte tatsächlich geklappt. Smiley landete auf der Gurkennase des Direktors, dann pickte er ihm in die Augen.

»Verdammt!«, schrie der Direktor, taumelte rückwärts, verlor das Gleichgewicht und stürzte der Länge nach auf den Rücken. »Tim, hilf mir!«

Tim ging los, da stellte Tina ihm ein Bein. Er stürzte und sie warf sich mit ihrem Stuhl auf ihn. Der Stuhl zerbrach mit lautem Krachen in seine Einzelteile. Tina befreite sich von ihren Fesseln und schnappte sich ein Stuhlbein.

»Hilfe«, schrie Tim, als Tina ihn damit schlug.

Das Monster hinter mir zuckte. Ein Tentakel peitschte durch die Luft und packte Tina.

»Nein!«, schrie ich. »Tina!«

Die Vorstellung, dass Tina etwas Schreckliches zustieß, war einfach unerträglich. Ich war in sie verknallt, nicht in

Charleen! Als mir das bewusst wurde, spürte ich große Hitze in meiner Hose. Glücklicherweise war es nichts Peinliches, es war das Rollsiegel. Meine Fesseln lösten sich wie von Geisterhand und ich war frei.

Hatte das Siegel meine Gefühle für Tina gespürt? Wie cool! Ich nahm es aus der Hosentasche. Es glühte wie ein Klumpen Lava, doch die Hitze tat mir nicht weh. Sie strahlte durch meine Hand hindurch.

Das Tentakel schleuderte Tina zum offenen Maul des Monsters. Ich hob meine Hand mit dem Siegel und richtete meinen Arm auf das Tentakel, doch nichts geschah.

»Liebe«, sagte ich zu mir selbst. »Der Schlüssel ist Liebe.« Da hatte ich eine Erleuchtung. Es würde ein klein wenig peinlich werden, aber nur für mich. Denn was ich vorhatte, war ohne jedes Risiko. Ich würde so leise flüstern, dass Tina es nie und nimmer auf die Entfernung hören würde. Außerdem war sie gerade in ein Tentakel eingewickelt, das sollte sie ablenken.

»Tina, ich liebe dich!« Ich hauchte es so leise, dass ich es selbst kaum hören konnte, doch es klappte. Ein Blitz schoss aus dem Siegel und der Tentakelarm wurde durchtrennt.

Tina landete auf dem Höhlenboden und befreite sich von den zuckenden Überresten. Ich sprang auf und wollte zu ihr, da spürte ich einen Luftzug. Etwas peitschte von hinten an mich heran. Ein weiterer Tentakelarm wickelte mich ein und schnürte mir die Kehle zu. Ich ließ das Siegel fallen und wurde hochgehoben. Der Arm quetschte mich zusammen wie einen Schwamm, da schoss ein Strahl aus weißem Schaum durch die Luft. Der Strahl kam von einem Mann, der einen Ganzkörper-Schutzanzug trug und einen Feuerwehrschlauch hielt. Der Geruch des Schaums war beißend und mir tränten die Augen. Es roch wie im Schwimmbad.

»Chlor!«, krächzte ich. »Das ist Chlor!«

Der Schaum riss große Löcher in das Monster. Es grunzte wild und zappelte gleichzeitig mit allen Tentakeln, dabei ließ es mich fallen.

Ich knallte auf den schleimigen Boden. Die Überreste der Bestie schleppten sich zum Ufer des Sees und versanken.

»Aaah!«, schrie Tim. Er rannte wutschnaubend auf den Mann mit dem Schlauch zu, da erwischte ihn der Chlorstrahl mit voller Wucht. Tim stürzte und löste sich wild zuckend unter Dauerbeschuss auf. Am Ende blieben von ihm nur eine grüne Pfütze und ein paar Klamotten übrig.

Es wurde ruhig. Tina befreite ihre Schwester. Der Mann im Schutzanzug ging zum Direktor, der immer noch am Boden lag, und hielt den Feuerwehrschlauch im Anschlag.

Charleen und Tina kamen zu mir und halfen mir auf.

»Wer bist du?«, fragte Charleen.

»John«, sagte ich.

»Wieso wollte der Direktor uns töten?«, fragte Charleen.

»Erinnerst du dich nicht mehr?«, fragte Tina.

Charleen zuckte mit den Schultern.

»Was hast du gemacht?«, flüsterte Tina mir ins Ohr. »Wieso lebt sie noch?«

»Sie ist ein Backup«, flüsterte ich zurück.

Tina sah mich mit offenem Mund an. »Unglaublich. Du bist ein Genie!«

Ich räusperte mich verlegen.

»Ich erinnere mich, dass ich bei den Zwillingen war, um Willys gestohlenes Tablet zurückzuholen«, sagte Charleen. »Auf einmal bin ich im Speisesaal, die Drillinge fesseln mich und zerren mich hierher. Das ist doch crazy!«

»Dann weißt du nicht mehr, dass du ein Geist warst?«, fragte Tina.

»Ich war ein Geist? Megacrazy! Aber wieso bin ich jetzt keiner mehr? Hast du mich gerettet?« Charleen sah Tina an.

»Also ... ich ...« Tina wurde rot.

»Ja«, sagte ich. »Tina hat alles getan, um dich zu retten.«

Charleen umarmte Tina. »Danke, Schwesterherz!«

»Äh«, stammelte Tina. Sie sah mich verwirrt an.

»Schon okay«, flüsterte ich.

»Ich geh mal sehen, was das für ein Typ im Schutzanzug ist«, sagte Charleen. »Ich steh auf mysteriöse Typen.«

»Warum hast du das gemacht?«, fragte Tina, als Charleen weg war. »Du hättest ihr von deinen Heldentaten erzählen können. Vielleicht hättest du dann eine Chance bei ihr.«

»Ich will nichts von ihr«, sagte ich. »Das einzige Mädchen, an das ich pausenlos denken muss ....«

»Verdammt!«, schrie der Mann im Schutzanzug. »Gurkenstein ist weg!« Er hielt den Ritterhelm in den Händen. Die Rüstung war leer.

Ich rannte hin. Der Mann warf den Ritterhelm fort, dann setzte er seinen eigenen ab. Darunter war ein Junge, der mir bekannt vorkam.

»Willy? Bist du das?«

Willy war schlank geworden. Er hatte Bartstoppeln und einen Kehlkopf. Wenn das keine Blitz-Pubertät war!

»Hilfe!«, schrie plötzlich Tina. Ich wirbelte herum. Der Direktor stand hinter ihr. Er drehte ihr den Arm in den Rücken und zwang sie auf die Knie. Dieser ohnehin schon grauenvolle Anblick wurde durch seine Kleidung noch verstärkt, denn er trug nur lange, weiße Unterwäsche.

»Ich bin gescheitert!«, schrie er. »Aber mindestens *eine* Ungläubige wird heute noch sterben. Schwert und Rüstung, eilt herbei, macht mich siegreich, macht mich frei!« Er leuchtete hell auf, dann trug er wieder seine schwarze Rüstung.

Der Direktor verdrehte Tinas Arm stärker und zwang sie, sich nach vorne zu beugen. Er zog sein Schwert und hielt es über sie.

Zu weit weg! Er war zu weit weg! Keiner von uns war in seiner Reichweite und in der Höhle hinter ihm war auch weit und breit kein Polizist zu sehen. Wir waren allein!

»Bitte«, flehte ich, »hören sie auf.«

»Heute wirst du für deine Sünden büßen!« Der Direktor zwang sie tiefer und sie stöhnte laut auf, dann legte er das Schwert auf ihren Nacken. Er wollte sie köpfen!

»Nein!«, schrie ich. Ich musste was tun! Wo war nur das Rollsiegel? Ich suchte mit Blicken die Umgebung ab, dann sah ich es. Trotz der großen Entfernung konnte ich das goldene Leuchten des Siegels gut erkennen. Aber was hatte Quentin gesagt? Das Siegel muss in der Nähe sein, damit es funktioniert. Es war aber zu weit weg, genau wie der Direktor. Ich war machtlos. Was würde mein Vater jetzt tun?

»Jetzt wird diese Hexe sterben!«, schrie der Direktor und hob das Schwert.

»Ich habe das Rollsiegel!«, schrie ich. »Es ist wieder voller Energie.«

Der Direktor hielt inne. »Du willst nur Zeit gewinnen.«

»Nein, da drüben liegt es!« Ich zeigte hin.

Der Direktor zog Tina auf die Beine, schubste sie vor sich her, bis sie beim Siegel waren, dann schlug er ihr den Schwertgriff in den Nacken. Sie flog der Länge nach auf den Bauch und blieb bewusstlos liegen.

Dieser SCHEIßKERL!

Er hob das Rollsiegel auf. Jetzt war mein Druckmittel weg. Was hinderte ihn noch daran, uns alle umzubringen?

»Endlich, nach so vielen Jahren!« Er seufzte, dann hob er das Siegel. »Ich will, dass ihr alle zu Staub zerfallt!«

Nichts geschah und mit sichtlicher Enttäuschung ließ er seine Hand sinken. »Das hatte ich befürchtet. Na schön, dann muss das eben wieder eine dumme Ehefrau für mich erledigen. Euch werde ich jetzt ganz klassisch entsorgen.« Er warf das Rollsiegel auf den Boden, hob sein Schwert mit beiden Händen, zielte auf Tinas Rücken und stieß zu.

Erschrocken stolperte ich einen Schritt zurück. Ich bekam keine Luft mehr, mein Herz raste.

Der Direktor traf nur den Boden, denn Tina rollte sich blitzschnell zur Seite und sprang auf. Das Schwert steckte fest. Er ging etwas in die Hocke, um es wieder herauszuziehen, da wirbelte Tina ihr Bein herum und traf ihn mit voller Wucht ins Gesicht, seine einzige ungeschützte Stelle. Er stöhnte auf, da traf ihn schon ihre Faust. Und nicht nur einmal. Sie bombardierte ihn so schnell und so heftig mit

Schlägen und Tritten, dass ich nur begeistert aufstöhnen konnte. Tina war wirklich eine Ninja-Kriegerin!

Der Direktor sah übel aus. Er hatte eine stark blutende Platzwunde auf der Stirn und seine Nase lief dunkelblau an. Er taumelte, dann stürzte er und blieb regungslos liegen.

»Was für ein Tag«, sagte sie außer Atem.

»Tina!« Ich rannte zu ihr und blieb vor ihr stehen. Ich sah in ihre Augen. Meine Gefühle fuhren Achterbahn und ich wollte sie nur noch ...

»STERBT!«, schrie der Direktor mit erhobenem Schwert. Er schlug Tina den Griff an den Hinterkopf. Sie fiel, da prallte er schon mit voller Wucht gegen mich. Ich stürzte. Tobend vor Wut hackte der Direktor auf den Boden ein, als wollte er ihn umgraben. Nur mühsam konnte ich seinen Hieben ausweichen, bis sein Schwert endlich kurz feststeckte.

Ich sprang auf, doch der Direktor hatte sein Schwert schon wieder erhoben. Es sauste auf mich herab, da bekam ich seine Hände zu fassen. Wir rangen um das Schwert, aber er war einfach zu stark. Langsam wanderte die Klinge zu mir und berührte mich rechts am Hals. Nur noch wenige Millimeter und er würde mir die Kehle aufschlitzen - oder gleich den ganzen Kopf abschlagen. Ich wehrte mich mit all meiner Kraft, doch sie reichte nicht. Plötzlich vibrierten seine Hände und ich hörte einen hellen Ton.

FIIIEP!

PENG!

Der Direktor und ich flogen auseinander. Zwischen uns war eine Staubwolke aus Metallspänen. Das Schwert war explodiert - und nicht nur das. Auch seine Rüstung war verschwunden. Er trug nur noch seine Unterwäsche. Wir standen gleichzeitig auf.

Tina stand vor ihm und sah ihn mit einem finsteren Blick an. Sie hielt das Rollsiegel in ihrer Hand und sein goldener Schein strahlte sie an. Sie sah aus wie ein wütender Engel. Ein Racheengel.

»Auf die Knie!«, schrie sie. »Oder ich mach das mit ihnen, was ich mit Schwert und Rüstung gemacht habe!«

Ich hörte es in seinem Kopf rattern. Meinte sie das ernst? Langsam und widerstrebend gehorchte er.

»Hände hinter den Kopf!«, befahl ich. Endlich konnte ich mein polizeiliches Fachwissen anwenden. Das hatte ich allerdings nicht von meinen Eltern, sondern aus Fernsehserien.

Willy kam zu uns gerannt. »Wahnsinn«, keuchte er außer Atem. Er fesselte den Direktor mit einem Seil.

Ich führte Tina von den anderen weg. Ich wollte endlich ein paar Sekunden mit ihr alleine sein. Jetzt hieß es, alles oder nichts! »Ich steh total auf dich!« Mein Herz wummerte los wie nach einem Dauerlauf.

»Auf *mich*?«

Ich legte meine Hände um ihr Gesicht. Eine Welle von Unsicherheit erfasste mich und trieb mich auf das offene Meer der Angst. Was, wenn sie mich nicht mochte? Ihre Küsse zuvor waren ja nur aus Dankbarkeit für ihre Rettung erfolgt. Ich wurde nervös, doch dann spürte ich ihre Wärme und roch ihr duftendes Haar. Ich hörte auf, an meine Ängste zu denken, und konzentrierte mich voll und ganz auf sie. Ich strich über ihre Wange und sah in ihre Augen. In meinem Bauch entstand ein Kribbeln, das meinen ganzen Körper erfasste. Ich spürte tief in mir, dass Tina die Richtige war. Dann küsste ich sie und die Zeit stand still.

Irgendwann lief die Zeit dann doch wieder weiter und Tina sah mich mit verrutschter Brille überrascht an. Mein Atem setzte aus. Was würde sie jetzt tun?

Tina rückte sich die Brille zurecht und lächelte.

Ich entschied, dass das die mit Abstand bestmögliche Reaktion nach meinem spontanen Kuss war. Sie kam im Ranking gleich nach einem zufriedenen Seufzer und kurz vor einem lauten Jubelschrei mit hochgerissenen Armen.

»Eine Sache muss ich noch wissen«, sagte ich. »Warst du das mit der Kindersicherung?«

Tina wurde knallrot. »Was, äh, wie? Kindersicherung?«

Ich grinste.

»Ja«, sagte sie verlegen, »das war ich. Ich war eifersüchtig.«

»Eifersüchtig?«

»Weißt du eigentlich, was für tolle Augen du hast? Ich find dich süß, seit ich dich das erste Mal gesehen habe.«

Darauf gab es nur eine Antwort: einen weiteren Kuss!

Und nach dem vermutlich längsten Kuss eines 13-Jährigen EVER hörten wir entfernte Rufe von Polizisten.

Endlich Online

Mein Vater hatte uns zum Burghof gebracht, wo sich auch die anderen Schüler aufhielten. Tina, Willy und Charleen standen etwas abseits und wurden von meiner Mutter befragt. Mein Vater war in voller Kampfausrüstung mit Schutzweste und Helm, den er unter dem Arm trug.

»Es tut mir leid, dass wir dich diesem Wahnsinnigen ausgeliefert haben«, sagte mein Vater. »Wir sind sonst so vorsichtig, aber das haben wir nicht kommen sehen. Was wir in den ersten Befragungen der Schüler gehört haben, lässt mir noch nachträglich graue Haare wachsen. Ich bin so stolz auf dich, dass du dich hier so gut geschlagen hast!« Er wuschelte durch meine Haare. Ich ließ es ihm durchgehen. Vielleicht wurde ich auch ein wenig rot, aber es war ein schönes Gefühl. »Wie geht es dir?«

»Alles cool«, sagte ich und sah zu Tina.

Mein Vater folgte meinem Blick und lächelte. »Freunde von dir?«

»Ja«, sagte ich. »Ich weiß, dass ich gesagt habe, dass ich sofort wieder nachhause will, wenn ihr fertig seid. Aber müssen wir wirklich sofort zurück?«

»Also ...«

»Ich möchte hierbleiben. Im Internat.«

Dass es hier keinen Lehrer mehr gab, fand ich gar nicht so schlecht. Internat ohne Lehrer, wie cool war das denn?

»Ehrlich gesagt werden deine Mutter und ich in Zukunft sehr oft auf Reisen sein. Ein Internat ist gar keine schlechte Idee, wenn du das willst.«

Ich nickte mehrmals. Sollte es möglich sein, dass ich mit Tina zusammenbleiben könnte? Mein ganzer Körper kribbelte bei der Vorstellung.

»Leider will die Staatsregierung den Laden hier dichtmachen«, sagte er. »Dieser Jäger hat das Internat nur mit seinen guten Beziehungen aufmachen können, aber lange hätte er das nicht durchgehalten. Es gab zu viele Unregelmäßigkeiten und Beschwerden durch Eltern.«

Ich ließ den Kopf hängen. Mein Vater legte seine Hand auf meine Schulter.

»Ich werde mit ein paar Leuten reden«, sagte er. »Eigentlich sollte im Januar der Regelbetrieb starten und wenn sich bis dahin ein neuer Direktor findet, wer weiß? Nächstes Jahr sehen wir weiter, aber morgen früh geht es für alle nachhause.«

»Okay«, sagte ich und presste die Lippen aufeinander.

»Als kleine Entschädigung für deinen Horrortrip habe ich dir was mitgebracht.« Mein Vater holte etwas aus seiner Jackentasche.

»Ein Handy!« Mir fielen fast die Augen aus den Höhlen. Wie geil war das denn? Doch dann fiel mir was ein.

»Danke! Aber hier gibt's kein ...« Da fielen mir wirklich die Augen aus dem Kopf. Ich hatte ein NETZ!

»Wir haben in der Burg einen Handystörsender entdeckt und abgeschaltet«, erklärte mein Vater.

Kurz darauf hörte ich überall Benachrichtigungstöne. Die anderen Schüler sahen verblüfft auf ihre Handys.

»Ich bin ONLINE!«, schrie ein Junge hysterisch.

»Ich auch!«, kreischte ein Mädchen.

Dann wurde es still, als alle mit ihren Handys beschäftigt waren.

Meine Mutter kam zu uns. Sie umarmte mich lange, sah mich dann an und seufzte. Dann sah sie zu meinem Vater.

»Wir vermissen drei Jungen, Drillinge, die dem Direktor geholfen haben«, sagte sie. »Wir müssen eine Fahndung einleiten.«

Ein junger Polizist mit Schutzweste und Maschinenpistole ging auf meinen Vater zu.

»Hauptkommissar Bauer«, sagte er, »wir haben ein Problem.«

»Ist es wieder dieser Förster, der einen Dinosaurier im Wald gesehen haben will?«

Ach du Scheiße!

»Nein«, antwortete der Polizist, »der Gefangenentransport mit dem Verdächtigen hat Verstärkung angefordert, weil drei Personen die Zufahrt zur Landstraße blockieren. Ein Team ist unterwegs, aber wir haben den Kontakt verloren.«

Mein Vater wurde ernst. »Ich kümmere mich darum!« Er sah mich an. »Du bleibst mit deinen Freunden hier.«

Meine Eltern rannten davon, der junge Polizist blieb und schaute grimmig in alle Richtungen. Hätte ich meinem Vater noch vom Tentakelmonster erzählen sollen?

Ich ging zu Tina, Charleen und Willy, dabei kam ich an Max vorbei.

»Wir haben gehört, was du gemacht hast«, sagte Max. »Das war echt cool!« Er hielt seinen Daumen hoch.

»Danke fürs Öffnen des Burgtors!«, sagte ich und erwiderte seine Geste.

»Gern geschehen!« Weitere Schüler hielten ihren Daumen hoch und jubelten.

Ich erreichte meine Freunde und Tina knutschte mich ab, als gäbe es kein Morgen.

»Ich hab Neuigkeiten«, sagte ich in einer Knutschpause. »Gurkenstein ist getürmt.«

»So ein Mist!«, schimpfte Tina. »Den hätten wir keine Sekunde aus den Augen lassen dürfen.«

»Ich glaube, er hatte einen Fluchtplan.« Ich legte meinen Arm um sie und sie kuschelte sich an mich wie ein Kätzchen.

»Der Polizist da drüben ist ja ein Süßer«, sagte Charleen. »Dem sag ich mal Hallo.« Und weg war sie.

»Der Dino wurde von einem Förster gesichtet«, sagte ich.

»Solange er ihn nicht gefressen hat«, sagte Tina. »Also der Dino den Förster.«

»Irgendwann wird er Hunger bekommen«, sagte Willy. »Dann sind wir schuld, wenn was passiert.«

»Im Wald gibt's genug zu fressen«, sagte Tina. »Waschbären zum Beispiel. Die sind eine echte Plage, sagt mein Vater. Vielleicht frisst der Dino einfach alle Waschbären, dann hätte es auch was Gutes.«

»Der soll lieber den Direktor fressen«, sagte ich.

»Super Idee«, sagte Willy.

»Die beste Neuigkeit aber ...« Ich hob mein Handy.

»Das haben wir schon mitbekommen«, lachte Tina. »Falls du es gerade nicht brauchst, also ...«

»Nee, ich muss erstmal den Schulchat checken.«

Der Cloud sei Dank waren auf meinem neuen Handy alle meine Apps samt Daten schon da. Im Schulchat war die Hölle los. Ich las noch einmal die letzten Nachrichten, Tina und Willy lasen mit.

MichaXXX
John sieht voll hässlich aus

Chrissss
wie ein Mädchen

MichaXXX
der IST ein Mädchen. Habs beim Duschen gesehen

Chrissss
LOL

MichaXXX
spielt ja auch wie ein Mädchen Fußball

Chrissss
SUPER LOL!

Chrissss
mach weiter, gibt voll fett Punkte!

Davor hatten sie schon wirklich dummes Zeug gepostet. Seitenweise. Aber das war der Zeitpunkt, wo ich mein Handy geschrottet hatte.

»Gott, sind das Idioten«, schimpfte Tina.

»Sowas musst du einfach ignorieren«, sagte Willy.

Ab jetzt kamen neue Nachrichten.

LeonieW
Ihr seid Idioten. John ist voll nett.

»Wer ist Leonie?«, fragte Tina eifersüchtig.

Mir wurde heiß. »Eine Mitschülerin«, krächzte ich und scrollte schnell weiter.

Die Diskussion wurde heftig. Gut, dass Lehrer in der Gruppe nicht zugelassen waren. Schließlich erreichte ich das Ende. Offenbar waren Micha und Chris ziemlich alleine mit ihrem John-Bashing. Fast alle anderen hatten mich verteidigt. Ich musste mich echt beherrschen, nicht vor Rührung loszuheulen, da brummte mein Handy.

LeonieW
Bist du online? Gehts dir gut?

MichaXXX
Hey, John, tut uns leid! Wir wollten nur Punkte sammeln. War nicht so gemeint.

Chrissss
Wir brauchen dich im Team. Du bringst die Tore! Sorry!!!

LeonieW
Das sagen sie nur, weil ihre Lehrerin das verlangt.

MichaXXX
Komm, Alter, sei nicht nachtragend.

Ich holte tief Luft und schrieb meine Antwort.

JB
Meine Meinung zu eurer Entschuldigung folgt jetzt:

Dann tippte ich so oft wie möglich einen KACKE-HAUFEN nach dem anderen. Und ENTER!

LeonieW
LOL!!!

Es folgten zahllose Smileys meiner Mitschüler. Das war super!

»Ich glaub, deine Klasse in Berlin ist ganz okay«, lachte Tina.

Ich steckte mein Handy weg. »Genug für heute, ich muss mich erst langsam wieder daran gewöhnen.«

Wir gingen über den Burghof zur Terrasse vor dem Speisesaal und sahen auf den kristallklaren See, über dem die Sonne unterging.

»Willy«, sagte ich, »erzähl mal, was du in der Vergangenheit erlebt hast.«

»Nennt mich bitte William.«

»William ist cool«, sagte ich. Tina nickte.

»Ich bin in der Höhle, wo mich Tim digitalisiert hat, vor einem Jahr aufgetaucht. Allerdings war ich unsichtbar.«

»Krass«, sagte Tina.

»Obwohl ich unsichtbar war, hatte mich in der Speisekammer auf der Suche nach was Essbarem eine Ratte angegriffen.«

»Hilfe!«, sagte ich.

»Sie musste mich irgendwie gespürt haben und sprang mir ins Gesicht. Ich konnte sie mit den Händen abwehren, doch dann machte es PUFF und sie war weg.«

»Wie meinst du das?«, fragte ich.

»Wie ich es gesagt habe, sie löste sich komplett in Luft auf. Ich experimentierte danach noch mit Käfern und anderen Insekten. Alle lösten sich auf, wenn ich sie berührte.«

»Unheimlich«, sagte ich.

»Alles Lebendige, was ich berührte, verschwand vor meinen Augen, selbst Blumen.«

»Gilt das immer noch?« Ich machte einen Schritt von ihm weg und zog Tina mit.

Willy grinste. »Nein, je näher der heutige Tag kam, desto schwächer wurde das Phänomen. Ich wurde mit der Zeit auch wieder sichtbarer. Seit heute ist alles wieder normal.«

»Seltsam«, sagte Tina.

»Ich spielte einige Zeit den Rattenfänger von Burg Grottenfels, bis ich etwas echt Unheimliches bemerkte.«

»Was denn?«, fragte ich.

»Ich fand in einem Lagerraum mehrere Fallen und benutzte sie. Die gefangenen Ratten berührte ich, indem ich den Finger zu ihnen in die Falle steckte. PUFF, sie waren weg. Doch dann flimmerte es ganz merkwürdig im Käfig und ein Rattenskelett erschien.«

»IGITT!«, rief Tina.

»Das verstehe ich nicht«, sagte ich. »Hast du die Ratten umgebracht?«

»Das hatte ich auch zuerst gedacht, aber das passte nicht zu einer anderen Beobachtung. Eine Ratte hatte ein Stück vom Käfig abgeknabbert und hielt es im Maul. Es war aus Metall und als ich die Ratte berührte, verschwand es auch. Als dann kurz darauf das Skelett erschien, war auch das Metallteil wieder da, nur total verrostet.«

»Aha ...«

»Ich machte weitere Experimente und fand heraus, dass jedes Ding, was die Ratten berührten, mit ihnen verschwand und immer, wenn sie als Skelett zurückkamen, kam auch das Ding wieder - nur gealtert.«

»Dann hast du ...«

»... die Ratten in die Vergangenheit geschickt!«, rief Tina.

»Ich glaube, ich hatte sowas wie *Zeitenergie* in mir. Immer, wenn ich etwas Lebendiges berührte, übertrug ich diese Energie und schickte das Lebewesen in die Vergangenheit.«

»Wow«, sagte Tina, »du bist ja voll der Wissenschaftler. Dein Papa wäre stolz auf dich.«

»Es war gut, dass ich diese Entdeckung zuerst mit Ratten gemacht habe. So war ich vorgewarnt und vermied es, irgendwen zu berühren.«

»Sehr rücksichtsvoll«, lachte Tina.

»Ich konnte mich endlich wichtigeren Dingen zuwenden. Zunächst musste ich mir einen Schutzanzug organisieren, einen Feuerwehrschlauch, einen Kompressor und genug Schimmelvernichter, um dem Seeungeheuer den Garaus zu machen.«

»Cool!«, sagte ich.

»Wenn der Direktor wüsste, was ich mit seiner Kreditkarte so alles von seinem PC bestellt habe.« William grinste. »Ich versteckte das Zeug unter einer Plane in der Höhle. Dann musste ich nur noch auf meinen Einsatz heute warten.«

»Wahnsinn!«, sagte Tina.

»Und hast du auch deine Schwester gerettet?«, fragte ich.

Hoffentlich, hoffentlich, hoffentlich!

»Das war schwieriger, als ich zuerst gedacht hatte, denn ich musste dem Direktor hinterherspionieren, während er ihre Entführung plante. Ich war kurz davor, ihn einfach zu berühren.«

»Verständlich«, sagte ich.

»Doch wer weiß, was das für Folgen gehabt hätte. Ich hielt mich also zurück und wollte Emma mit dem geringsten Einfluss auf das Raum-Zeit-Kontinuum retten. Ich wollte es für alle unbemerkt tun und sie bis heute hier verstecken.«

Wenn die Rettung erfolgreich verlaufen wäre, dann wäre Emma doch jetzt hier, oder nicht? Das dachte offenbar auch Tina, denn sie griff nach meiner Hand und drückte sie. Mir bildete sich ein Knoten im Bauch.

»Das Problem bei Emmas Rettung war, dass ich sie nicht berühren durfte. Ich wollte sie ja nicht in die Vergangenheit schicken. Ich spannte ein Sicherungsnetz an der Stelle, wo sie nach meinen Berechnungen in die Schlucht stürzen würde. Als der Tag ihres Verschwindens kam, geschah alles, wie es der Direktor erzählt hatte. Emma stieg aus, um einem Schmetterling zu folgen, und stürzte ab. Der Direktor sah ihr noch hinterher, aber er bemerkte nicht, dass sie im Netz hing. Ich zog sie mit einer Seilwinde hoch und befreite sie vorsichtig, ohne sie zu berühren. Ich dachte, dass ich immer noch unsichtbar genug bin, aber das stimmte nicht. Emma sah mich und umarmte mich stürmisch. Für einen kurzen Augenblick war ich der glücklichste Bruder auf der ganzen Welt. Ich hatte meine kleine

Schwester wieder! Sie gab mir einen Kuss auf die Wange und dann war sie weg.« Williams Augen glitzerten feucht.

»Sie war weg?«, fragte ich und blinzelte.

»Ja«, schniefte William, »ich hatte sie viele Jahre in die Vergangenheit geschickt. Ich hatte sie schon wieder verloren.«

»Oh Gott!«, sagte ich. »Wie schrecklich.«

»Ich forschte nach und fand heraus, dass vor zwölf Jahren ein kleines Mädchen im Wald gefunden wurde. Sie war verwirrt und erinnerte sich an nichts mehr. Nicht einmal an ihren Namen.« William sah mich an. »Das Mädchen kam zu verschiedenen Pflegeeltern, bis sie im September schließlich nach Burg Grottenfels kam. Ein Mädchen mit einem Schmetterling in ihren goldenen Haaren.«

»Oh«, sagte Tina und wurde blass.

»Charleen«, schniefte William, »ist Emma. Doch sie ist nicht mehr meine kleine Schwester. Meine kleine Emma habe ich für immer verloren.«

Tina und ich sahen uns erschrocken an.

»Wie furchtbar«, sagte Tina.

Ich nickte zustimmend. Als wir wieder zu William sahen, war er weg.

»Wo ist er hin?«, fragte ich. Mit Blicken suchten wir die Gegend ab, doch von William fehlte jede Spur.

»Die Treppe zum See«, sagte Tina. »Los, wir müssen hinterher, wer weiß, ob das Tentakelmonster noch lebt.«

Wir rannten die Treppe hinab und am Ufer des Sees entlang zur alten Jagdhütte am See. William stand dort mit tränennassem Gesicht und sah zur untergehenden Sonne.

»Mensch Willy ... äh, William«, keuchte ich außer Atem. »Was machst du denn hier?«

»Hier bin ich in den letzten Monaten immer zum Nachdenken hergekommen«, schniefte William. »Ich habe von dem Tag geträumt, an dem ich meine Schwester endlich wiedersehen werde. Aber jetzt ... jetzt schmerzt es zu sehr, wenn ich sie sehe. Ich kann nur an meine kleine Schwester denken, die ich für immer verloren habe.«

Tina umarmte William. »Ach Mensch«, schniefte sie.

Auch meine Augen wurden feucht.

»Das tut mir leid«, sagte ich. »Vielleicht kann ich dir mit dem Rollsiegel helfen. Wir reisen gemeinsam in die Vergangenheit und retten deine Schwester nochmal.«

William löste die Umarmung mit Tina. Er schüttelte den Kopf.

»Das wird nicht funktionieren«, sagte er. »Das würde es vielleicht noch schlimmer machen. Was ist, wenn wir sie berühren und dadurch hundert oder mehr Jahre in die Vergangenheit schicken? Jetzt weiß ich wenigstens, dass es ihr gut geht. Nur mir geht es nicht gut, aber das ist egal.«

Der arme William. Ich würde ihm so gerne helfen.

William sah auf den See hinaus. »Letzten Monat musste ich einen Jungen davor bewahren, vom Seeungeheuer gefressen zu werden.«

»Wirklich?« Ich bekam plötzlich ein mulmiges Gefühl.

»Ich schlich doch seit der Eröffnung des Internats unsichtbar durch die Burg. Beim vorletzten Vollmond zerrten die Drillinge einen Jungen aus seinem Bett und warfen ihn dem Seeungeheuer zum Fraß vor.«

Mein Herz wummerte wie verrückt.

»Der arme Kerl«, sagte William. »Ich hatte die Drillinge belauscht und so von ihrem Plan erfahren. Tim, ihr Anführer, hatte es ihnen befohlen, weil der Junge dem Direktor mehrmals widersprochen hatte. Darauf steht bei Tim die Todesstrafe.«

»Alter!«, stöhnte ich.

»Die Drillinge haben ihn gefesselt und mit einem Sack über dem Kopf hier abgeladen.« William zeigte zum Ufer. »Dann machten sie ihren Mutter-Singsang und hauten ab, als das Monster auftauchte.«

Meine Kehle trocknete aus. Warum versetzte mich diese Story so in Panik?

»Ich hab den armen Kerl natürlich gerettet, aber er hielt mich für einen Geist und dachte, ich wollte ihn in den See stoßen. Er ist dann wie eine Rakete abgedüst und nie wieder zurückgekehrt. Stell dir vor, der *echte* Geist von Burg Grottenfels war ich!«

In meiner Erinnerung sah ich das Monster aus meinem Albtraum mit seinen Tentakeln, die nach mir griffen.

William sah mich an. »Dich haben sie letzten Vollmond auch hierher gebracht.«

»Aber das war doch nur ein Traum!«, stammelte ich.

William schüttelte den Kopf. »In den letzten Tagen im Internat wurde es für mich immer schwieriger, niemandem über den Weg zu laufen. Ich wurde ja immer sichtbarer. Ich versteckte mich im Hexenturm, der wegen Bauarbeiten geschlossen war. Ich hatte allerdings vergessen, dass ich vor meiner Zeitreise dort einmal geschlafen habe. Das war in der Nacht, nachdem wir das Ritual durchgeführt hatten. Ich hatte damals Angst, Tim könnte uns das Tablet im Schlaf klauen. Und so wäre ich mir fast selbst über den Weg gelaufen! Ich konnte mich aus dem Turm raus schleichen, da hörte ich laute Schreie. Das warst du.«

»Ich?«

»Die Drillinge hatten dir einen Sack über den Kopf gezogen und dich hierher geschleppt.«

Konnte das wirklich wahr sein?

»Die wollten mich ECHT dem Seeungeheuer opfern?«

»Ich kam gerade noch rechtzeitig«, sagte William. »Leider durftest du mich nicht sehen, daher hab ich dir einen Stein auf den Kopf gehauen. Nur ganz leicht. Gar nicht doll.«

Ich rieb eine Stelle an meinem Hinterkopf.

»Daher habe ich die Beule! Und deshalb hat Tim im Speisesaal so blöd gefragt, was ich denn hier mache. Der dachte, ich bin tot!«

Das musste ich erstmal verdauen. Die hatten echt versucht, mich umzubringen. Als Tim mich in die Schlucht stieß, hatte er so einen blöden Spruch gemacht. *Sowas überlasse ich nicht nochmal den Drillingen!* Dieser Scheißkerl. Gut für ihn, dass er schon eine Schleimpfütze war.

»Wie bin ich wieder in mein Bett gekommen?«, fragte ich.

»Das hat ewig gedauert, ich konnte dich ja nicht anfassen. Daher habe ich dir ein Seil um die Beine gewickelt und dich über den Boden in dein Zimmer geschleift.«

»Alter!«

Bei der Vorstellung tat mir jeder Knochen im Leib weh.

»Tiiiiiiiiiinaaaaaaaaah!«, röchelte eine Stimme.

Das war doch jetzt nicht wahr!

»Was war das?«, schrie Tina. »Macht ihr einen Scherz?«

»Tiiiiinaaaaaaaaaaah!«

»Oh nein!«, schrie Tina. Sie zeigte zum See. Dort erhob sich das Ungeheuer. Zahllose Tentakel schlängelten sich aus dem Wasser und peitschten in unsere Richtung.

»Hast ... du ... noch ...?«, stammelte ich.

William verstand sofort. »Nein«, sagte er. »Den Schimmelvernichter habe ich aufgebraucht.«

Das Monster baute sich vor uns auf und wuchs in die Höhe. Sein Schatten war durch die untergehende Sonne riesig und bedeckte uns komplett.

»Tiiiinaaaah!«, brüllte es. Jetzt sah ich auch den Tentakelarm mit Toms halb zerfressenem Gesicht.

»Eeeendlich«, röchelte das Tom-Monster. »Eeeendlich werden wir vereiiiint!«

Tina hob einen Ast auf und fuchtelte damit herum. »Weiche, Bestie!«

Ein Tentakelarm des Monsters packte sie. Mit einer blitzschnellen, fließenden Bewegung warf es sie in sein Maul.

»TINA!«, schrie ich. »NEIN!«

Ich nahm das Rollsiegel aus meiner Hosentasche. Ich spürte, wie seine Energie mich durchströmte, dann richtete ich meinen Arm auf das Monster. Es erstarrte und leuchtete auf. Ich sah einen deutlichen Umriss von Tina, die in ihm hin und her zappelte.

»Was tust du?«, schrie das Wesen. »Aaaaaufhören, das tut weh!« Alle seine Arme peitschten herum.

»Es reicht mir mit dir!«, schrie ich. »Spuck Tina wieder aus, oder ich spreng dich in Stücke!«

»Niemals!«, schrie das Wesen.

Ich hielt das Siegel immer fester. Lichtstrahlen schossen zwischen meinen Fingern hindurch. Es wurde Zeit, den Liebes-Schalter des Rollsiegels zu drücken. Tina konnte mich in dem Glibber nicht hören, also wagte ich es.

»Tina, ich liebe dich!«, flüsterte ich. Ich bekam jedes Mal eine Gänsehaut, wenn ich sowas Kitschiges sagte. Nicht auszudenken, wenn sie mich hörte!

Plötzlich überstrahlte das Licht des Siegels alles.

PENG!

Die Explosion warf mich um. »Uff!«

»Alter!«, rief William. Offenbar hatte es ihn auch umgehauen.

Eine Schockwelle raste über den See und zerfetzte das Monster in kleine Schleimklumpen, die wie Regen auf die Seeoberfläche prasselten und versanken. Übrig blieb Tina, die mit einem lauten PLATSCH im Wasser landete.

»Cool«, lachte William.

Wir standen auf und klopften uns den Staub ab.

»Ich habe einen tollen Superhelden-Namen für dich«, sagte William. »*Love Boy*!«

Ich wurde knallrot. »Alter«, stammelte ich, »das ist doch kein Name für einen Superhelden! Wie kommst du auf so einen Scheiß?«

»Ich hab dich ›Ich liebe dich‹ flüstern hören, als du dein Siegel benutzt hast«, lachte William.

»Ja«, stammelte ich, »ich muss das sagen, damit es funktioniert, aber ...«

»Nix aber. Es würde nicht klappen, wenn du es einfach nur sagst. Du liebst Tina wirklich, das ist cool.«

»Nix ist cool! Sowas sagt man nicht zu einem Mädchen, das man erst eine Woche kennt.«

»Aber wenn's doch stimmt?« William lachte. »*Love Boy*.«

»Versprich mir, dass du Tina nichts davon erzählst!«

»Nö.« William grinste.

Triefend stapfte Tina aus dem See und kam zu uns.

»Versprich es«, zischte ich.

»Okay, wenn es denn sein muss.«

Würde er dichthalten?

»Was für ein Tag«, schimpfte Tina und nahm ihre verschmierte Brille ab. Sie sah mir in die Augen und kam näher. »Übrigens, in dem Glibberzeug konnte ich jedes Geräusch total laut hören. Der Schleim wirkte wie ein riesiger Verstärker.«

»Ach so ...«, stammelte ich.

»Ja, und weißt du was?«

Ich schüttelte den Kopf.

»Ich dich auch!« Dann küsste sie mich.

Wir trafen uns um Mitternacht frisch geduscht und umgezogen auf der Terrasse vor dem Speisesaal. Keiner der anderen Schüler war noch wach und meine Eltern und ihre Kollegen hatten sich in das Lagezentrum im Dorf zurückgezogen. Der Mond schien über dem See und es war verblüffend hell.

Smiley hatten wir zuvor im Speisesaal gefunden, wie er an Stromkabeln knabberte. Ich musste echt noch rausfinden, was der kleine Kerl so frisst. Ob er sich als Haustier eignete?

William und ich beobachteten die Mädchen. Sie standen etwas abseits und unterhielten sich. Tina streichelte Smiley und sagte zu ihm lauter Zeug wie »Knuffipuffi« und »Schnuffipuffi«. Gott sei Dank hatte sie mir bislang keinen solchen Kosenamen verpasst!

»Wirst du Charleen erzählen, dass du ihr Bruder bist?«, fragte ich.

»Ich weiß es nicht. Das ist alles einfach zu krass. Charleen ist einfach zu krass.«

»Wie meinst du das?«

»Charleen ist so gar nicht wie meine kleine Emma. Sie redet nur noch von diesem Polizisten.«

Ich lachte. »Sie ist ja auch keine vier mehr.«

»Das weiß ich doch. Aber auch die heutige Charleen hat sich irgendwie verändert. Vor ihrer Geisternummer war sie anders. Damals war sie nett und lustig. Jetzt ... ich weiß nicht. Sie ist irgendwie seltsam.«

»Sie ist halt ein Mädchen«, lachte ich. »Die sind manchmal seltsam.«

»Das sagen die von uns auch«, lachte William. »Apropos seltsam. Ich hatte Charleen vorhin, als du mit Tina auf Smiley-Suche warst, von unserem Abenteuer erzählt, jedenfalls so viel, wie ich selbst erlebt hatte. Da sah sie mich ganz komisch an und sagte, dass du dann ja etwas unglaublich Heldenhaftes getan hast, um sie zu retten. Sie sagte, dass sie einem Jungen, der so etwas für sie getan hat, auf jeden Fall etwas schenken will. Sie glaubt, dass sie dir im Tablet dieses Versprechen schon gegeben hat, auch wenn sie sich nicht daran erinnern kann. Hast du eine Ahnung, was sie damit meint?«

Obwohl es draußen kühl war, wurde mein Kopf schlagartig heiß.

»Nee«, krächzte ich, »keine Ahnung.«

»Ich glaub, sie will dir zum Dank für ihre Rettung einen Kuss geben«, lachte William. »Da wird Tina aber was dagegen haben, oder?«

Ich nickte. Oh ja, Tina wird was dagegen haben.

»Jedenfalls will sie ihr Versprechen noch heute Nacht einlösen. Kann ich dabei sein? Ich würde zu gerne Tinas Gesichtsausdruck dabei sehen.«

Mein Gesicht wurde so heiß, dass mir fast die Haut vom Gesicht schmolz.

Plötzlich war es totenstill, als hätte jemand bei der ganzen Welt auf Pause gedrückt. Ein Spot fiel auf Tina. Ich sah hoch, doch da war kein Scheinwerfer. Das Licht kam direkt aus dem Himmel.

»Tina!«, rief eine Frauenstimme.

»Ja?« Tina sah sich verwirrt um, dann sah sie nach oben zum Licht.

»Herzlichen Glückwunsch, du hast gewonnen!«

»Was denn?«

»Du hast bei unserer Kundenzufriedenheitsumfrage mitgemacht und den ersten Preis im Glücksspiel gewonnen. Du darfst einen Tag Gott sein!«

Tina sah mich mit offenem Mund an.

»Wie krass ist das denn?«, rief sie.

»Nun ja«, sagte die Stimme, »es gab wie immer nicht viele Teilnehmer. Die Leute bekommen ihren Wunsch erfüllt und haben keine zwei Minuten, ein paar Fragen zu beantworten. Aber wenn mal was *nicht* klappt, dann ist das Jammern groß. Es ist immer dasselbe. Wie auch immer, nimmst du den Gewinn an?«

Tina sah hoch. »Ja, gerne.«

»Schön, deine Zeit als Göttin beginnt sofort!«

»Ich will mich noch umziehen ...«

ZING!

Tina *war* umgezogen. Sie trug ein rotes Festkleid und ihre langen, schwarzen Haare schimmerten im Mondlicht. Sie sah umwerfend aus!

»Krass, krass, krass!«, jubelte Tina und schaute auf das Kleid. »Ich rede nie wieder schlecht über kitschige Disney-Filme, versprochen.«

»Dann kann es jetzt losgehen?«

»Äh, wieso, wohin?«

»Zum Planeten, wo du einen Tag Göttin bist.«

Tina machte große Augen. »Planet?«

»Ja«, sagte die Stimme, »du darfst einen Tag Göttin auf dem Planeten der Wollmäuse sein, der ursprünglichen Heimat der Menschheit. An- und Abreise sind inklusive.«

»Ich wusste es doch!«, sagte William. »Wir *haben* außerirdische Vorfahren!«

»An- und Abreise ...« Tina legte ihre Stirn in Falten, dann sah sie mich an. »Kommst du mit? Kann er mitkommen? Und die anderen? Und Smiley?«

»Kein Problem«, sagte die Stimme.

»Darf ich auch mal Gott sein?«, fragte Charleen.

»Na klar«, lachte Tina.

»Dann nix wie hin«, kicherte Charleen und rieb sich die Hände.

»Bin gespannt auf unsere außerirdischen Vorfahren«, sagte William.

Wollmäuse. Was sollte das sein? Mäuse mit einem Pelz? Ich wollte in keinen Streichelzoo!

»John, komm bitte mit«, säuselte Tina. »Alleine gehe ich nicht, das wäre doof.«

Ich seufzte. Wenn sie mich so lieb um etwas bat, konnte ich einfach nicht nein sagen. Und vielleicht wird es ja doch ganz lustig?

»Auf geht's«, rief ich, »zum nächsten Abenteuer!«

ENDE

Danksagung

Dass dieses Buch existiert, verdanke ich meinem Sohn, denn er wollte mal bei diesem spannenden Vorgang zusehen: dem Schreiben. Ich setzte mich von ihm neugierig beobachtet vor ein leeres Dokument und fing an. Es entstand die erste Szene mit John, der in ein Internat abgeschoben werden sollte, weil ein Verbrecher hinter seinen Eltern her war. Mein Sohn forderte immer neue Szenen und je länger ich an dieser Geschichte schrieb, desto spannender fand ich sie. Plötzlich wollte ich nur noch an diesem Abenteuer arbeiten.

Besonderer Dank gebührt meiner Frau. Sie ist die Kraft, die mich zu mehr anspornt, als ich zunächst liefere. Ohne ihre ehrliche und immer konstruktive Kritik wäre die Handlung meiner Bücher unverständlicher, weniger spannend und die Charaktere wären weniger glaubwürdig.

Ich möchte auch den Teilnehmern des Writers Coaching-Kurses, den ich seit 2013 besuche, danken, insbesondere meinen Testlesern Claudia Johanna Bauer (Kursleiterin), Fabienne Boulaich, Ina Wulf und Nicole K., die auch an der Schreibreise nach Usedom 2016 teilgenommen haben, wo ein Großteil meines Jugendbuches entstanden ist. Außerdem möchte ich der Autorin Juliane Jacobsen danken.

Ich danke auch meiner Illustratorin Sonja K. Richter, die mich durch ihre Bilder zu neuen Dingen inspiriert hat.

Meine jugendlichen Testleser halfen mir, die richtige Sprache zu finden. Ich danke Nick, Finn, Linda, Julius, Basti und Tim für ihren tollen Einsatz und ihre unglaublich hilfreiche Kritik! Ohne meine Testleser wäre dieses Buch heute ein anderes!

Und so geht es weiter...

In seiner letzten Nacht auf Burg Grottenfels bekommt John in seinem Zimmer unerwarteten Mädchenbesuch - von Charleen! Doch sie will ihm nicht seine »Belohnung« geben, stattdessen betäubt sie ihn, stiehlt sein Rollsiegel und verschwindet damit nach Berlin. Was ist auf einmal mit Charleen los? John und Tina folgen ihr, da wird Tina entführt. Der Entführer verlangt das Rollsiegel im Tausch gegen ihr Leben. John muss Charleen finden, doch er wird von Kampfdrohnen des Entführers überwacht. Als er vor ihnen flüchtet, eröffnen sie das Feuer und John entkommt ihnen nur knapp.

John folgt einem Hinweis zu Charleen, da begegnet ihm die rätselhafte Kira. Sie erzählt ihm vom dreiteiligen Illuminati-Auge. Mit diesem mächtigen Objekt aus biblischer Zeit könnte John seinen Gegner besiegen, doch der ist auch hinter dem Auge her. Wenn der Bösewicht zuerst alle Teile zusammen hat, will er damit die Erde digitalisieren, um Menschen wie Dateien auf einer Festplatte zu löschen. Das vollständige Auge setzt jedoch eine Energie frei, die niemand kontrollieren kann. Findet John einen Weg, diese gewaltige Macht dennoch zu beherrschen? John begibt sich auf die spannende Jagd nach dem geheimnisvollen Illuminati-Auge. Begleite ihn auf ein Abenteuer, für das er die Grenzen von Raum und Zeit überwinden muss, um die Welt zu retten.

Karim Pieritz
Die Jagd nach dem
geheimnisvollen
Illuminati-Auge

Verlag Karim Pieritz

Kinderbücher und mehr!

Jugendbuch-Reihe:	**ISBN**
Hardcover:	
Band 1: Die Jagd nach dem geheimnisvollen Rollsiegel	9783944626413
Band 2: Die Jagd nach dem geheimnisvollen Illuminati-Auge	9783944626437
Taschenbücher:	
Band 1: Die Jagd nach dem geheimnisvollen Rollsiegel	9783944626406
Band 2: Die Jagd nach dem geheimnisvollen Illuminati-Auge	9783944626451
Kurzgeschichten:	
Die Wahrheit in den Wolken	9783944626000
Kinderbuch-Reihe:	
Leuchtturm der Abenteuer Sammelband 1-3	9783944626611
Leuchtturm der Abenteuer Sammelband 4-5	9783944626673
Leuchtturm der Abenteuer 6 Kampf um Himmelblau	9783944626642
Leuchtturm der Abenteuer Geschichten für Erstleser	9783944626222
The Magical Dinosaur Hunt (Deutsch-Englisch)	9783944626314

www.karimpieritz.de

1. Auflage Februar 2019
Erstmals als Hardcover erschienen im Februar 2017

ISBN 9783944626406

Neue Rechtschreibung
Illustrationen: Sonja Krutyholowa-Richter
Gestaltung: Karim Pieritz
Google Web Fonts: Trade Winds (Überschriften)
Die Geschichte ist frei erfunden.
Jegliche Ähnlichkeit mit realen Namen oder Ereignissen wäre rein zufällig.